MISTER POWERS
SPEED MAN
MISS GESCHICK
EAM
OBALT

MIX
Papier aus verantwortungsvollen Quellen
FSC® C083411

www.kerle.de

Umschlagillustration: Franziska Harvey
Lektorat: Stefan Wendel
Layout und Satz: Sandra Hacke
Druck: CPI books GmbH, Leck
Printed in Germany

ISBN 978-3-451-71340-8

A. B. Saddlewick

Super Sarah

Willkommen im Club der Superhelden

Aus dem Englischen
übersetzt von Karen Gerwig

Illustrationen von Franziska Harvey

KeRLE
Freiburg · Wien · Basel

Kapitel 1

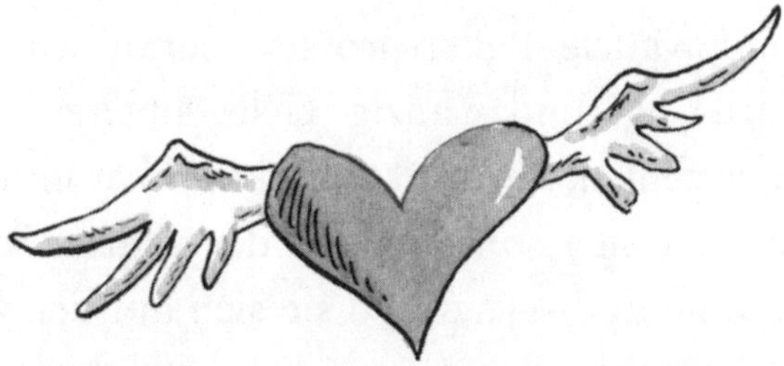

Die Fähigkeit zu fliegen, hängt nicht von deinen Flügeln ab, sondern von deinem Herzen (und manchmal von deinem Umhang). Aber hauptsächlich von deinem Herzen.

Handbuch Fliegen lernen.
Worte der Weisheit (WDW) Nr. 1

Sechzehn, siebzehn, achtzehn …

Sarah Adams saß in ein Handtuch gewickelt auf der Wettbewerberbank im Schwimmbad und zählte nervös mit, während ihr Mannschaftskamerad Brandon die Leiter zum hohen Sprungbrett hinaufkletterte. Es war ein schöner Spätfrühlingstag, fast vierundzwanzig Grad warm, aber Sarah fröstelte trotzdem.

Neunzehn, zwanzig, einundzwanzig …

Sarah blinzelte. Brandon war jetzt so weit oben, dass sein Kopf bestimmt gleich in einer Wolke verschwand.

Zweiundzwanzig, dreiundzwanzig, vierundzwanzig …

Vierundzwanzig Leitersprossen. Sarah schluckte. Das waren vierundzwanzig Gelegenheiten, einen Tritt zu verfehlen, abzurutschen, kopfüber hinunterzufallen oder sich sonstwie vor der ganzen Schule, ihrer Familie und – jetzt, wo sie sich auf der vollen Tribüne umschaute – womöglich vor der halben Stadt lächerlich zu machen. Ganz zu schweigen davon, was passieren würde, wenn Sarah tatsächlich den Versuch unternahm zu springen …

Eine Schweißperle bildete sich auf ihrer Stirn und kullerte über ihre Wange. Als sie die Hand hob, um sie wegzuwischen, spürte sie, wie sich die Locken auf ihrem Kopf gegen den strengen Dutt zu wehren begannen, in den ihre Mutter sie am Morgen gezwungen hatte. Sarah erstarrte, dann legte sie die Hände schnell wieder zurück in den Schoß.

Es war wie verhext.

Auch wenn sich Sarah nicht bewegte, brach auf seltsame Weise immer trotzdem überall, wo sie auftauchte, das Chaos aus.

Flupp!, machte eine Locke.

Spoing!, machte eine andere.

Links neben Sarah zappelte ihre beste Freundin Kelly Parker aufgeregt auf ihrem Platz herum und konnte es kaum erwarten, bis sie dran war. Sarah warf einen Blick zu ihr hinüber. Anders als Sarah, die den schlichten blauen Schulbadeanzug trug und nachdenklich die Stirn runzelte, lächelte Kelly, war mit einem glitzernden rosafarbenen Einteiler mit passender Glitzerschwimmbrille herausgeputzt und hatte rosa Bänder in ihre langen Zöpfe geflochten.

Sarah tastete nach ihren eigenen Haaren, versuchte, sie wieder an ihren Platz zurückzuschieben, löste dabei aber nur noch eine Locke. Eine der Haarklammern, mit denen sie gesichert waren, sprang auf und fiel auf die Betonumrandung des Schwimmbeckens.

„Hmpf“, brummte Sarah.

Kelly hörte kurz auf zu hibbeln. „Alles in Ordnung?“, frage sie und beäugte Sarahs Kopf.

„Nein, eigentlich nicht“, sagte Sarah.

„Keine Sorge.“ Kelly tätschelte Sarah den Arm. „Das wird schon. Wir müssen nur dort rauf und so elegant wie möglich hinunterfallen.“

„Das ist es ja …“, antwortete Sarah. Sie zeigte auf ihren Ellbogen, der sich von ihrem Sturz vom Übungssprungbrett an diesem Morgen lila färbte. „Mit dem Fallen habe ich kein Problem. Kummer macht mir die Landung.“

„Du schaffst das“, sagte Kelly. „Du musst nur einmal an dich selbst glauben.“

„Na klar.“

Direkt vor ihr stieß sich Brandon vom Brett ab, beschrieb eine makellose Linie und traf die Wasseroberfläche mit einem kleinen, kontrollierten Platschen.

Die Kampfrichter – Rektor Jenkins, der neue Sportlehrer Mister Boswell und der „prominente Gast", auch bekannt als Bürgermeisterin Mary Martin – hielten Punktekarten in die Luft. *Sieben, sechs, sieben.* Ein beachtliches Ergebnis.

Kelly jubelte. Sarah quiekte. Das durfte einfach nicht sein. Wenn sie sich unter ihrem Badetuch versteckte, würde vielleicht niemand merken …

Sie warf einen Blick über die Schulter zur Tribüne. Ihre Mutter, Oma Trixie und Opa John saßen alle ganz oben und schauten zu. Nö. Keine Chance, sich zu verstecken. Sarah winkte nervös.

Plopp!, machte eine weitere Locke.

Sarahs Mutter rümpfte die Nase, zeigte auf Sarahs Haare und klopfte auf ihren eigenen Kopf, als wäre ihre Frisur gerade in Flammen aufgegangen. Sarah sank auf ihrem Sitz zusammen. Es war hoffnungslos. Sie schüttelte den Kopf.

Da sprang einfach so der Dutt auseinander, die restlichen Haargummis fielen heraus und Locken schossen in alle Richtungen. Sarah seufzte laut. Ihre Arme und Beine hatten die Angewohnheit, sich nach eigenem Gutdünken zu bewegen, knallten gegen Türen, stolperten über Stufen. Wie konnte man da erwarten, dass ihre Haare sich anders verhielten?

Sarah beugte sich vor und begann, die Haargummis unter der Bank einzusammeln. Dabei überlegte sie, was sie geritten hatte, überhaupt in die Turmsprung-AG einzutreten. Rutschige Flächen. Stürze aus großer Höhe ... Was konnte da schon schiefgehen? *Ha!*

Die Liste von Sarahs außerschulischen Aktivitäten war nicht gerade berühmt. In ihren kurzen zwölf Jahren auf der Erde hatte Sarah es geschafft, ein Treffen der Poesie-AG in der Bücherei zu verderben, indem sie während einer dramatischen Lesung in ein Regal gefallen war und hundert Bücher mit sich gerissen hatte; die Koch-AG stillzulegen, indem sie eine Eistorte in Brand gesteckt hatte (zusammen mit ihrem eigenen Hosenboden), und sie wollte gar nicht über ihre schicksalshaften zweieinhalb Minuten als Mitglied der Bogenschieß-AG nachdenken. Wenigstens hatte niemand genäht werden müssen. Salben und Verbände hatten genügt.

Eine Hand berührte Sarahs Rücken. Sarah richtete sich ruckartig auf, schaffte es irgendwie, ihren bereits blauen Ellbogen anzustoßen und ließ die Haargummis wieder fallen. Sie stieß einen leisen Schrei aus, hielt sich den Arm und verdrehte die Augen.

Ja, wenn irgendwann jemand die AG für ungeschickte Tollpatsche erfand, würde Sarah die Vorsitzende und das wichtigste Mitglied werden.

Sarahs Schwimmlehrerin Miss Li stand über ihr; vor der Brust hielt sie ein Klemmbrett. Ihre Augenbrauen waren besorgt zusammengezogen.

„Hallo, Miss Li“, sagte Sarah. Sie wusste schon, was jetzt kam.

„Hallo, Sarah“, sagte Trainerin Li, deren Blick über Sarahs eigenwillige Locken schweifte und über den Ellbogen, den sie umklammert hielt. „Wie geht es dir?“

„Ganz gut.“ Sarah zuckte die Achseln. „Ein bisschen nervös eben.“

„Ja, das kann ich mir denken ...“, sagte Trainerin Li. „Vielleicht wäre es am besten, wenn du diesen Wettkampf auslässt. Zumindest bis du dein inneres Gleichgewicht wiedergefunden hast. Ähm, das ist vielleicht sicherer ...“ Dann murmelte sie etwas vor sich hin, das wie „für alle“ klang. „Einverstanden?“

„Ja, okay“, willigte Sarah eilig ein und versuchte, sich ihre Erleichterung nicht anmerken zu lassen. „Eigentlich wollte ich das gerade selbst vorschlagen. Ich bin immer noch ziemlich voll vom Frühstück. Omelette mit drei Eiern, Toast und extraviel Saft. Lecker, aber na ja, es heißt ja, man soll nach dem

Essen eine Stunde warten, bevor man schwimmen geht, nicht?"

Trainerin Li zog eine Augenbraue hoch. „Schon, aber es muss deine Entscheidung sein."

„Da bin ich mir ganz sicher", plapperte Sarah. „Ich will auf dem Weg nach unten ja nicht kotzen und meinen hübschen Badeanzug versauen oder so." Sie lächelte strahlend und rieb sich den Bauch.

Trainerin Li verzog das Gesicht. „Sarah, Liebes", sagte sie. „Bitte versteh das nicht falsch, aber ich muss das fragen. Bist du gern in der Turmsprung-AG?"

Sarah schüttelte den Kopf, zuerst langsam, dann schneller, und ihre Locken hüpften zustimmend. „Nein, eigentlich nicht", sagte sie.

„Warum machst du dann mit?"

Sarah konnte Trainerin Li nicht die Wahrheit sagen. Dass die Turmsprung-AG die einzige war, in der sie nichts verdorben, abgefackelt oder sonstwie Unheil angerichtet hatte. Dass sie einfach in etwas gut sein wollte. Damit sie nicht mehr die Einzige in ihrer supertalentierten Familie war, deren einzige Besonderheit war, dass sie das Thanksgiving*-Essen ruiniert hatte, indem sie den Truthahn vom Tisch gefegt hatte, als sie ein bisschen Taekwondo geübt hatte (gescheiterter AG-Versuch Nr. 2045).

* Erntedank

In diesem Jahr war niemand dankbar gewesen. Na ja, außer dem Hund vielleicht.

„Ich hatte wohl angenommen, es könnte Spaß machen", sagte Sarah. „Aber jetzt, wo ich herausgefunden habe, dass es meinem Frühstück in die Quere kommt, höre ich wohl besser auf. Natürlich nur, wenn das in Ordnung ist."

Sarah konnte erkennen, dass sich ihre Trainerin große Mühe gab, die Erleichterung zu verbergen, die sich auf ihr Gesicht stehlen wollte. „Schon okay, Liebes." Trainerin Li tätschelte Sarah die Schulter. „Ich denke, das ist eine gute Entscheidung." Zucken, Lächeln, ernstes Gesicht. „Wenn du dir sicher bist, dass du es so möchtest."

„Ja", sagte Sarah. Ihre Schultern entspannten sich, als die Trainerin wegging. Sie schaute noch ein paar Springern zu, ohne die Sprossen zu zählen, und konnte jetzt, wo das nervöse Klingeln in ihren Ohren aufgehört hatte, auch endlich den Jubel des Publikums hören. Der vorletzte Springer platschte ins Becken. Die Richter hoben ihre Punktekarten. Noch mehr Jubel, und die Lautsprecher erwachten knackend zum Leben, als Miss Li die letzte Springerin aufrief.

„Kelly Parker."

Sarah drückte kurz die Hand ihrer besten Freundin, um ihr Glück zu wünschen. Kelly stand auf, straffte die Schultern und marschierte selbstbewusst zum Sprungturm. Ihre Haarbänder leuchteten, als sie die Leiter mit perfekter Präzision hinaufstieg. Sarah holte aufgeregt Luft, als Kelly das Sprungbrett betrat, die Arme hob, nach unten schaute und …

Erstarrte.

Sarah schnappte nach Luft. Kellys selbstsicheres Lächeln verwandelte sich in eine erschrockene Grimasse.

O nein! Sarah sprang auf. Trainerin Li eilte zum Fuß der Leiter und begann, Aufmunterungen zu rufen. „Alles in Ordnung, Kelly“, sagte sie. „Du kannst das. Spring einfach. Wie wir es geübt haben.“

Kelly schüttelte den Kopf, die Hände immer noch in die Luft gestreckt, mit zitternden Knien.

„Ich kann nicht“, stammelte sie. „Meine Beine machen nicht mit!“

Sarah hatte noch nie erlebt, dass ihre beste Freundin Lampenfieber hatte. Kelly liebte Aufmerksamkeit. Sie inszenierte schon irgendwelche Vorführungen im Garten, seit Sarah denken konnte. Kelly war der Star, und Sarah sammelte die Münzen von den Nachbarskindern ein, die als Zuschauer eingeladen waren. Natürlich gegen eine Beteiligung.

Im Publikum regte sich Gemurmel. Trainerin Li rief lauter. Kellys Fingerspitzen wurden langsam lila.

Sarah hielt es nicht mehr aus. Sie rannte zum Fuß des Sprungturms. Ohne nachzudenken, stellte sie den Fuß auf die glatte erste Sprosse der Leiter.

„Kelly“, sagte sie, während sie sich Sprosse um Sprosse nach oben arbeitete. „Du schaffst das!“

Keine Antwort. Sarah stieg weiter, alle vierundzwanzig Sprossen hinauf, bis sie oben ankam und über die riesige Plattform spähen konnte. Dort stand Kelly, die Arme immer noch in der Luft.

„Kelly!“, sagte Sarah. Ihre beste Freundin wimmerte als Antwort.

Sarah kroch auf Händen und Knien auf die Plattform und schob sich unsicher vorwärts. *Nicht nach unten schauen. Nicht nach unten schauen!*

Sie schaute.

Es war viel höher, als sie gedacht hatte. Alle auf der Tribüne hatten sich in winzige Figuren verwandelt. Sie schüttelte den Kopf. Darüber konnte sie jetzt nicht nachdenken. Sie musste zu Kelly. Sie kroch zum Rand der Plattform und streckte zitternd die Hand aus.

„Kelly“, sagte sie. „Alles ist gut. Ich bin’s, Sarah.“

Kelly blieb noch kurz versteinert stehen, dann spähte sie zitternd über ihre Schulter zu Sarah.

„Sarah!“, sagte sie mit aufgerissenen Augen. „Was tust du hier oben? Ich dachte, du wolltest nicht springen!“

„Ich helfe dir hinunter", sagte Sarah. „Komm. Du musst nicht springen."

„Muss ich nicht?"

„Nö", sagte Sarah, den Blick fest auf Kelly gerichtet. „Wir können zusammen die Leiter hinuntersteigen." Sie knetete ihre Finger. „Bitte. Ich schaffe das ohne dich nicht."

Kelly senkte langsam die Arme und drehte sich um.

„Okay", sagte sie und kam vorsichtig vom Brett herunter. Sie nahm Sarahs Hand und drückte sie fest. „Danke", flüsterte sie.

„Immer gerne", sagte Sarah und schluckte trocken. „Können wir jetzt zusehen, dass wir hier runterkommen?"

„Je früher, desto besser", sagte Kelly. Sie ließ Sarah los und ging zur Leiter zurück.

Doch als Sarah hinter ihr herkrabbelte, summte etwas laut neben ihrem Ohr.

„Weg da, du blödes Vieh!" Sarah schlug in die Luft und schüttelte den Kopf.

Das Summen wurde nur lauter. Und wütender. Sarah hielt inne und blickte auf; kurz befand sie sich Auge in Auge mit der größten Biene, die sie je gesehen hatte. Sie schwirrte unter ihren Bauch und durch ihre Beine wieder heraus.

„Iih! Geh weg!" Sarah sprang mit wedelnden Armen auf, das Sprungbrett bebte unter ihr. Kelly schrie und klammerte sich an die Leiter. Die Biene setzte ihren Angriff fort und summte laut im Kreis um Sarahs Kopf. Einmal, zweimal, dreimal. Sarah schlug nach ihr. Die Biene blieb mitten in der Luft stehen und stürzte sich dann herab – direkt in Sarahs Lockengewirr.

Sarah riss die Augen auf. Nicht die Haare! Letztes Mal, als sich etwas in Sarahs Haaren verfangen hatte (ein Pfefferminzkaugummi), hatte es ihre Mutter, ihren Vater und eine ziemlich miesepetrige Dame mit einer großen Schere beim Friseur gebraucht, um es zu entfernen.

Sarah kniff die Augen zu und schüttelte die Locken, während das gedämpfte Summen noch wilder wurde.

Summ. Summ. Summmmmmmmmmmm …

Sarah wirbelte herum, ein Fuß segelte in einer merkwürdig eleganten Pirouette durch die Luft, aber sie wurde die Biene nicht los.

Summ. Summ. Summmmmmmmmmmm …

Sarah tanzte auf den Zehenspitzen, mit schwingenden Armen, und zog dabei die Knie hoch.

Summ. Summ. Summmmmmmmmmmm …

Sie zappelte, drehte sich und sprang, bis ein entsetzter Schrei den Lärm durchbrach. „Sarah! Pass auf!"

Sarah öffnete die Augen, sah Kellys erschrockenes Gesicht am anderen Ende der Plattform. Sarah kannte diesen Gesichtsausdruck nur zu gut. Genau denselben Ausdruck hatte ihr Bogenschießtrainer gehabt – direkt bevor ihm ihr missgeleiteter Pfeil die Mütze vom Kopf schoss.

Das Sprungbrett schwankte unter Sarahs zitternden Beinen. Sie schaute nach unten, während sich ihre Arme gerade in die Luft streckten und sie die Kante mit den Zehen umklammerte. Das konnte nicht wahr sein!

Doch es war zu spät.

Summ. Summ. Summmmmmmmmmm …!

In diesem Moment befreite sich die Biene mit einem letzten durchdringenden Summen selbst aus Sarahs Locken, zielte auf ihre nackte Schulter und stach zu. Sarah kippte über die Kante, sah die Welt in Zeitlupe an sich vorbeistürzen – ein Aufblitzen des blauen Himmels, ein weißer Strich, der das Sprungbrett war, die Gesichter der atemlosen Menge. Ihre Schulter pochte und sie verzog das Gesicht in Erwartung, denn gleich würde sie mit dem Gesicht voraus ins Wasser klatschen.

Noch eine AG-Katastrophe! Sarah kniff die Augen zu und betete, dass es diesmal nicht tödlich enden möge …

Kapitel 2

Das alte Sprichwort „Trau, schau, wem" gilt vor allem für Superhelden. Wenn du den Röntgenblick hast, kannst du dich auch damit vergewissern, bevor du Türen öffnest.

Handbuch Fliegen lernen, WDW Nr. 12

Während sie fiel, hielt Sarah den Atem an und wartete auf den unvermeidlichen Aufprall. Irgendwie glitt sie aber, statt schmerzhaft aufs Wasser zu klatschen, ins Schwimmbecken, als wäre es ein Daunenkissen, durchbrach die Wasseroberfläche sanft und fast ohne zu spritzen. Als sie wieder auftauchte, hörte sie unerwartet Jubel und Applaus. Oben auf der Tribüne war ihre Familie aufgesprungen, hüpfte und schrie.

Was war hier los?

Sarah kletterte aus dem Becken und fand sich direkt vor dem Punktrichtertisch wieder. Sie schüttelte den Kopf – Wasser tropfte aus ihren platten Löckchen – und versuchte zu verstehen, was da gerade passiert war.

„Außergewöhnlich!“, sagte Bürgermeisterin Martin und hielt eine Acht hoch.

„Das glatteste Eintauchen, das ich je gesehen habe“, nickte Mister Boswell und hob eine Neun.

„Und diese dramatischen Gesten, bevor du gesprungen bist, waren das Sahnehäubchen“, sagte Rektor Jenkins. „Ein perfektes Ergebnis!“ Er hielt eine Zehn hoch. „Erster Platz!“

Sarah blieb der Mund offen stehen. Die Zuschauer gerieten außer Rand und Band.

„Aber ich …“, stammelte Sarah. „Die Biene …“

Aus dem Nichts kam eine Hand und drückte ihre.

„Nimm den Sieg einfach an“, flüsterte Kelly ihr ins Ohr. „Du hast ihn verdient.“

Sarah nickte ungläubig, als ihr Trainerin Li, die noch verblüffter aussah als Sarah, eine glänzende Goldmedaille um den Hals hängte. Sarah konnte es immer noch nicht fassen, als sie zur Umkleidekabine ging, unterwegs die Hände ihrer Mannschaftskameraden abklatschte, die sie ihr entgegenstreckten, und es sogar schaffte, ungefähr die Hälfte davon zu treffen.

Als sie fünf Minuten später in einem trockenen Sweatshirt und kurzer Hose wieder auftauchte, wartete ihre Mutter vor der Tür. Oma Trixie stand mit einem strahlenden Lächeln, ein bisschen zu viel pinkfarbenem Rouge und einem schief sitzenden schlaffen Strohhut neben ihr.

Opa John war noch ein Stück entfernt, die kurze Hose mit dem Gürtel bis knapp unter die Achselhöhlen hochgezogen, und schlurfte mit seinen in schwarzen Socken und Sandalen steckenden Füßen am Beckenrand auf die Familie zu.

Sarahs Mutter umarmte ihre Tochter stürmisch. „Schatz!“, sagte sie, während sie Sarah praktisch umwarf. „Das war unglaublich!“

„Unglaublich, ja“, stimmte Sarah ihr zu. *Du hast ja keine Ahnung …*

„Hat mich an meine alten Zeiten als Akrobatin erinnert“, rief Oma Trixie aus. „Am Trapez schwingen … Ah, das waren noch Zeiten.“ Sie schwankte vor und zurück, ihr gelbes Kleid wehte, dann zuckte sie plötzlich zusammen und hielt sich das Kreuz. „Autsch, meine Hüfte!“

Sarahs Mutter tätschelte Oma Trixie mit einem „Alles in Ordnung, Mutter“ den Rücken, dann richtete sie ihre Aufmerksamkeit wieder auf Sarah. „Schatz“, sagte sie, „mit so einem Sprung kannst du es in die regionalen Wettkämpfe schaffen … die nationalen Meisterschaften … vielleicht sogar bis zu den Olympischen Spielen!“

„Was hast du gesagt?“, rief Opa John, als er vor Sarah stand, die Hand am Ohr. „Brasilien? Was sollte Sarah in Brasilien wollen?“

Sarahs Mutter seufzte. Sarah grinste unwillkürlich. Opa John hörte ohne seine Hörgeräte überhaupt nichts, und Sarah war sich ziemlich sicher, dass er sie trotzdem meistens ausschaltete. Manchmal wünschte sich Sarah, sie könnte das auch – einfach mit einem Schalter alle stumm schalten. Jetzt zum Beispiel.

„Also ehrlich“, sagte Sarahs Mutter, marschierte los und zerrte Sarah mit. „Wir sollten dich für ein Sondertraining einschreiben. Vielleicht mit einem privaten Trainer. Du fängst spät an, aber mit so einem Talent holst du bestimmt schnell auf …“

„Also, dazu wollte ich dir noch etwas sagen“, unterbrach sie Sarah. „Ich habe mir überlegt, dass ich lieber nicht mehr zum Turmspringen gehe.“

„Was?“ Sarahs Mutter blieb mit aufgerissenen Augen stehen. Sie schüttelte den Kopf, und ihre eigenen lockigen Haare hüpften herum, genau wie die von Sarah. Sarah seufzte. Sie wunderte sich immer, wie sie jemandem so ähnlich sehen und doch so verschieden sein konnte; Sarah schaffte es nicht durch einen Raum, ohne Chaos anzurichten, während ihre Physikermutter den kompliziertesten hochentwickelten Teilchenbeschleuniger bedienen konnte. Sie ließ tatsächlich winzige Partikel – absichtlich –

zusammenkrachen, um ihre Auswirkungen auf die subatomare Welt zu erforschen. Vererbung war eine lustige Sache, das war mal sicher.

„Aber du bist ein Naturtalent, Schatz!“, sagte ihre Mutter. „Warum willst du aufhören?“

„Ich glaube, diesmal höre ich lieber auf, solange ich noch die Beste bin“, erwiderte Sarah.

Bevor ihre Mutter widersprechen konnte, erschien Mister Boswell vor ihnen. Er trug sein übliches Outfit: enge blaue Laufshorts aus Polyester und ein dazu passendes blaues Shirt mit dem Wikinger-Logo der Schule quer auf der Brust. An einer Schnur um seinen Hals baumelte eine silberne Trillerpfeife auf seinen runden Bauch. Schweißperlen hingen an seinen Schläfen und tropften an seinem Gesicht herab. Egal, bei welcher Temperatur – Mister Boswells Haut und Haare glitzerten immer, als würde er sich täglich, bevor er das Haus verließ, in eine Wanne Babyöl tauchen.

„Sarah“, sagte er mit seiner aalglatten Stimme. „Ich muss sagen, das war der sauberste Sprung, den ich je gesehen habe. Es war fast, als ...“ Er warf einen kurzen Blick seiner eisblauen Augen auf Sarah. „Als hätte sich das Wasser tatsächlich geteilt, um dir Platz zu machen.“

Sarah zuckte die Achseln und steckte die Hände in ihre Sweatshirt-Tasche. „Danke.“

„Hör mal, ich möchte dich einladen, dich für mein Kaderteam einzuschreiben“, fuhr er fort. „Zufällig habe ich noch einen Platz frei …“

„Oh, das klingt wundervoll!“, schaltete sich Sarahs Mutter ein.

Sarah blickte auf das gekräuselte Wasser des Schwimmbeckens und schüttelte den Kopf. Auf keinen Fall würde sie diesen Sprung wiederholen können. Nicht in einer Million Jahren. Na ja, es sei denn, sie stopfte einen ganzen Bienenschwarm unter ihre Badekappe.

„Lieber nicht“, sagte sie. „Aber danke.“

Ihre Mutter und Mr Boswell öffneten beide protestierend den Mund. Doch bevor sie noch etwas sagen konnten, winkte Sarah Kelly zu, die bei der Tribüne stand.

„Komm her“, formte sie mit den Lippen. Kelly rannte herüber.

„Wie wäre es mit Kelly?“, fragte Sarah und schob ihre beste Freundin auf Mr Boswell zu. „Wie wäre es, wenn Sie sie stattdessen in Ihrem Kaderteam aufnehmen? Sie ist eine tolle Schwimmerin. Sie sollten sie mal im Training sehen.“

„Kaderteam?“, fragte Kelly. „Wirklich? Ich wusste gar nicht, dass wir eines haben. Das klingt super! Bekommen wir auch besondere Outfits? Ich hätte gerne eins mit Glitzer.“

„Nein“, sagte Mr Boswell schroff. „Du bist heute nicht gesprungen. Leider hast du schlicht und einfach nicht das Zeug dazu.“

Kelly ließ die Schultern hängen, und Sarah spürte, wie ihre Wangen rot vor Wut wurden. Mr Boswell räusperte sich und klopfte Sarah auf den Arm.

„Solltest du deine Meinung ändern, bist du jederzeit willkommen“, sagte er. „Ich könnte dich in meinem Team gut gebrauchen. Ein Jammer, so ein Talent zu verschwenden.“

Und damit ging er davon. Sarahs Mutter folgte ihm und fragte ihn „nur für den Fall“ nach Einzelheiten des Trainings. Sarah starrte Trainer Boswells Rücken wütend nach. Wie konnte er so mit ihrer besten Freundin reden?

„Es tut mir wirklich leid, Kelly“, sagte sie. „Das war so fies!“

„Egal“, meinte Kelly. „Ich wollte eigentlich sowieso nicht …“

Sie unterbrach sich mitten im Satz, der Mund blieb ihr offen stehen und sie versetzte Sarah einen Stoß mit dem Ellbogen. „Süßer Typ auf zehn Uhr“, flüsterte sie. Sarah folgte Kellys Blick über die Anlage. Ein Junge, ungefähr in ihrem Alter, kam auf sie zu. Seine verwuschelten blonden Haare wehten in der Brise, die grünen Augen hatte er auf Sarah gerichtet. Er blieb vor den Mädchen stehen.

„Hallo“, sagte er mit einem kleinen Winken. „Ich bin Ben. Wollte nur sagen, das war ein Supersprung.“

„Sarah“, sagte Sarah mit glühenden Wangen. „Das ist meine beste Freundin Kelly. Und danke. Wegen dem Sprung, meine ich. Aber das war Zufall.“

„Klar“, sagte Ben mit einem verstohlenen Zwinkern. „Ein Zufall …“ Sarahs Wangen wurden pink.

„Wenigstens bist du wirklich gesprungen, im Gegensatz zu mir …“, sagte Kelly.

„Hey, mach dich deswegen nicht verrückt“, meinte Ben. „Ich hatte mal ganz üble Höhenangst und konnte keinen Muskel rühren. Nicht lustig, wenn du zufällig ganz oben auf dem Klettergerüst bist. Nächstes Mal schaffst du es bestimmt.“

„Danke“, sagte Kelly. „Das ist nett von dir.“ Sie schaute an ihm auf und ab. „Hey, bist du neu hier? Ich glaube, ich habe dich noch nie gesehen.“

„Ich gehe in die Schule da vorn an der Straße“, sagte er.

Sarah fragte sich, welche Schule das sein sollte. Pine Falls war keine sehr große Stadt.

„Kelly!“, rief eine Stimme von der anderen Seite des Schwimmbeckens. Es war ihre Mutter, die ihr zuwinkte. „Na komm schon. Genug geplaudert. Wir müssen gehen. Wir müssen deine Schwester von der Spielgruppe abholen!“

„Tut mir leid, ich muss los." Kelly rannte davon. Ben wandte sich wieder Sarah zu.

„Also, hör zu", flüsterte Ben leise und beugte sich zu ihr vor. „Dein Sprung hat mich auf etwas gebracht ... du solltest wirklich in meine AG kommen."

„Aber ich dachte, du gehst nicht hier zur Schule?", fragte Sarah.

„Es ist ja auch keine Schul-AG", antwortete Ben. „Wir treffen uns erst nach der Schule."

„Oh", sagte Sarah. „Na ja, egal. Ich habe wirklich kein Interesse an noch einer AG."

„Das ist nicht irgendeine AG", sagte Ben. „Es ist etwas Besonderes. Es wäre ein Jammer, dein ... du weißt schon, dein Talent beim Turmspringen zu vergeuden." Er zog einen Hochglanzprospekt aus seiner hinteren Hosentasche und drückte ihn Sarah mit einem wissenden Lächeln in die Hand.

„Mein Talent?", sagte Sarah. „Ich habe keines. Es sei denn, du meinst mein Talent, Chaos zu stiften." Sie warf einen Blick auf den Prospekt in ihrer Hand.

Fliegen lernen, las sie.

„Sehr lustig", murmelte sie. „Ich habe schon mit dem Gehen genug Schwierigkeiten."

Sie drehte den Flyer um; ihre feuchten Finger waren von Druckerschwärze verschmiert. Hinten war eine kleine Karte angeheftet, auf der in Handschrift Sarahs Name stand.

Persönliche Einladung für:
Sarah Adams (nicht übertragbar).
Der Club fürs Fliegenlernen,
Freizeitzentrum Pine Falls, Raum B.
21. Mai, 16 Uhr.
Entdecke die Kraft in dir!

Welche Kraft denn?

Sie blickte auf. „Hey, was für eine AG ist das überhaupt?"

Aber zwei schnell trocknende Fußabdrücke auf dem Beton vor Sarah waren alles, was von Ben übrig war. Sie schaute sich in dem fast leeren Beckenbereich um. Komisch. Wo war er hin? Und wie um alles in der Welt konnte er so schnell verschwinden?

Kapitel 3

Wenn man nach den Sternen greifen will,
muss man sich strecken –
den Geist, das Herz,
die rückseitige Oberschenkelmuskulatur.

Handbuch Fliegen lernen, WDW Nr. 7

Der Schulbus rumpelte über die enge Straße, die sich an dem mächtigen Fluss entlangschlängelte. Die ganze siebte Klasse war an Bord gepfercht, lachend, schreiend und hüpfend, als hätten ihre Kunststoffsitze Feuer gefangen. Es war eigentlich nicht wichtig, dass die Klasse nur zur neuen Wasserkraft-Talsperre unterwegs war und nicht zu einem Freizeitpark – oder auch nur einem normalen Park: einfach nicht in der Schule zu sein, war Grund genug zu feiern.

Sarah drückte die Nase ans Fenster. Der Regen strömte daran herab, aber über ihr klarte es auf, und sie konnte einen riesigen Betondamm als Silhouette vor dem tiefblauen See und hohe Tannen am anderen Ufer ausmachen. Sarah knuffte Kelly mit dem Ellbogen und deutete hin.

„Wow“, sagte Kelly. Sie kam näher und raunte: „Aber willst du etwas noch Tolleres sehen?“ Kelly griff in ihre rosa Paillettentasche und zog heimlich ihr Handy heraus, das mit den passenden rosa Pailletten verziert war.

„Miss Moreno wird es konfiszieren, wenn sie das mitkriegt!“, flüsterte Sarah.

„Kann ich mir nicht vorstellen.“ Kelly nickte zu Miss Moreno hinüber, die zum hundertsten Mal ihr Buch zugeklappt hatte und zwei Jungs schimpfte, die über den Sitzlehnen Armdrücken spielten. „Abgesehen davon“, grinste Kelly, „interessiert es dich nicht, was Lady Ventures Team gerade gepostet hat?“

Sarah riss Kelly ohne ein Wort das Handy aus der Hand, tippte auf den Bildschirm und öffnete den Youtube-Kanal von Lady Venture. Sie drückte auf Play, und der Bildschirm füllte sich mit dem Bild von Lady Venture mit ihrer charakteristischen blauen Maske und dem roten Umhang, wie sie über die Straßen von San Francisco flog und Gebäuden und Flugzeugen auswich, während sie dem bösen Captain Calamitous dicht auf den Fersen war. Ihre langen schwarzen Haare wehten im Wind. Das Video war von einem Amateur mit einem Handy aufgenommen worden, deshalb war es ein bisschen körnig, aber Sarah hätte Lady Venture überall erkannt.

„Ich habe etwas darüber in den Nachrichten gesehen“, sagte Sarah. „Ich wusste nicht, dass es auch Filmmaterial gibt.“

Captain Calamitous flog eine scharfe Kurve und mit solcher Kraft unter der Golden-Gate-Brücke hindurch, dass die riesige Hängekonstruktion vibrierte und schwankte. Autos rutschten seitwärts. Sarah und Kelly hielten den Atem an, als Lady Venture herabschoss und die Brücke mit einer Hand stabilisierte, während sie Captain Calamitous mit ihren Augenlasern gleichzeitig vom Himmel schoss. Er stürzte ins Wasser.

„Wow!“, machten Sarah und Kelly wie aus einem Mund, während sie zuschauten, wie Captain Calamitous versuchte, auf den Pazifischen Ozean zuzuschwimmen, was damit endete, dass Lady Venture ein Netz aus ihrem Handgelenk schoss und ihn einfing wie einen riesigen, stinkenden Fisch.

„Das war unglaublich! Sie ist so toll“, sagte Sarah seufzend. Lady Venture war ihre Lieblingssuperheldin, solange sie denken konnte. Es musste einfach großartig sein, wenn die ganze Welt zu einem aufblickte – und nicht wie bei ihr einen großen Bogen machte, damit man nicht versehentlich mit Saft bekleckert wurde. Sarah würde sie so gerne eines Tages kennenlernen, aber wahrscheinlich würde sie bei dieser Gelegenheit gleich über Lady Ventures Umhang stolpern.

„Ja, nicht wahr?“, sagte Kelly. „Ich wünschte, hier würde auch mal so etwas passieren.“

„In Pine Falls?“, fragte Sarah. „Träum weiter. Superhelden bleiben dort, wo die Action ist. Was sollten sie hier anfangen? Versuchen, die Kantinendamen davon abzuhalten, totgekochte Fleischbällchen zu servieren?“

Kelly prustete. „Eigentlich ist das keine so schlechte Idee“, sage sie. „Lady Venture könnte sie mit ihren Lasern vaporisieren. Die Fleischbällchen, meine ich. Nicht die Kantinendamen.“

Sarah und Kelly lachten beide laut los.

Ein perfekt gestylter blonder Kopf tauchte hinter der Rückenlehne vor ihnen auf wie ein Maulwurf aus seinem Loch. Seine Besitzerin wandte sich ihnen mit verächtlichem Blick zu. Sarah ächzte. Virginia Crawford. Sie hätte lieber hinter Captain Calamitous gesessen.

„Was ist so lustig?“, fragte Virginia. „Abgesehen von Sarahs Gesicht natürlich?“

Sarah verdrehte die Augen und steckte das Handy heimlich Kelly zu, die es schnell in ihrer Tasche verschwinden ließ.

„Willst du etwas, Virginia?“, sagte Sarah.

Virginia grinste und ließ dabei eine glänzende Zahnspange mit schwarzen und roten Gummis sehen. „Ja“, sagte sie, während sie über die Lehne spähte. „Ich will wissen, was du gerade Kelly gegeben hast. Es war doch nicht etwa ein ‚verbotenes Mobiltelefon‘, oder?“ Sie malte mit den Fingern Anführungszeichen in die Luft. „Ihr könntet ganz schön Ärger bekommen, wenn jemand euch verpetzt.“

„Was geht es dich an?“, fragte Sarah. „Stört es das Signal von deinem Heimatplaneten oder was?“

„Ich lass das mal durchgehen. Diesmal.“ Virginia nickte Sarah zu. „Wie hast du überhaupt die Erlaubnis bekommen, an diesem Ausflug teilzunehmen, Sarah Schussel?“

Sarahs Wangen brannten. Es war schlimm genug, tollpatschig zu sein und wilde, widerspenstige Locken zu haben; die dumme Virginia hatte ihr damals in der dritten Klasse auch noch einen Clownsnamen verpasst – und seitdem nicht aufgehört, sie so zu nennen.

„Ich meine, machst du dir keine Sorgen, dass du in den Stausee fallen könntest, Miss Schussel?“, fuhr Virginia fort.

„Ja.“ Leo Lynas, Virginias bester Freund, richtete sich neben ihr auf. Seine stacheligen braunen Haare waren hochgegelt wie die Zahnreihen eines

Piranhas, und er blinzelte Sarah mit seinen Knopfaugen an. „Wahrscheinlich ist es besser, wenn du im Bus bleibst."

„Alle, die dafür sind, dass Miss Schussel im Bus bleibt, heben die Hand!", sagte Virginia grinsend.

Virginias und Leos Hände schossen in die Luft. Irgendwie streckte Virginia ihre ein gutes Stück höher als Leo, obwohl sie fünfzehn Zentimeter kleiner war. Sarah entfuhr ein tiefes Seufzen. Warum musste Virginia immer so übertrieben ihre Abneigung gegen Sarah zur Schau stellen? Schlimmer noch, warum musste sie immer so, na ja, recht haben? Sarah war sich wohl bewusst, dass Sarah plus Kraftwerk plus Wasser eine hohe Wahrscheinlichkeit ergab, dass sie die ganze Klasse durch einen Stromstoß tötete. Oder ihnen wenigstens einen üblen Schlag versetzte.

Mit einem letzten gemeinen Lachen drehte sich Virginia wieder nach vorn.

Kelly schnaubte. „Lass dich nicht von diesen Blödis ärgern", sagte sie. „Eigentlich sollten wir Virginia aus Versehen in den See schubsen. Sie ist sowieso ein halber Hai."

Sarah kicherte, während der Bus auf den Parkplatz des Staudamms fuhr. Sie schnappte sich ihren Rucksack und der Prospekt fiel heraus, den sie in die Außentasche gesteckt hatte.

„Hey, was ist das?“ Kelly nahm den Flyer vom Sitz.

„Nur so eine AG, zu der mich dieser Ben eingeladen hat“, sagte Sarah.

„Oooh“, sagte Kelly. „Der süße Ben aus dem Schwimmbad?“

„Genau der“, erwiderte Sarah.

„Was für eine AG ist das?“ Kelly inspizierte den Prospekt.

„Scheint irgend so ein komisches Esoterik-Ding zu sein“, sagte Sarah. „Du weißt schon, *jeder ist etwas Besonderes* und so.“

„Gehst du hin?“, fragte Kelly.

Sarah verzog das Gesicht, dann nickte sie. „Meine Mutter sagt, das oder Mr Boswells Turmsprungteam. Und ich habe wenig Lust, mein Glück in der Nähe eines Schwimmbeckens zweimal herauszufordern.“

„Na ja“, sagte Kelly. „Ich würde ja anbieten, mit dir zu kommen, aber ich habe noch die Theater-AG. Und wenn ich an den Broadway* will, muss ich üben. Tut mir leid.“ Sie gab Sarah den Prospekt zurück.

„Kein Problem“, sagte Sarah, während sie ihn wieder in ihren Rucksack stopfte. „Ich brauche bestimmt nur sieben Minuten, bis ich ihre spirituelle Energie gestört habe und rausgeworfen werde. Natürlich auf eine Du-bist-trotzdem-besonders-Art.“

* weltbekanntes Theaterviertel in New York

Kelly kicherte. Sarah lachte auch, aber es lag eine traurige Unabwendbarkeit in dem Gedanken, die AG zu besuchen. Sie würde es tun. Etwas kaputt machen. Hinausgeworfen werden. Dann eine andere AG finden müssen. Und wieder von vorn. Es war schon ihr ganzes Leben lang so.

Vorn im Bus stand Miss Moreno auf und hielt sich an ihrer grünen Plastikrückenlehne fest. Sie trug eine Brille mit Drahtgestell, die ihr jedes Mal die Nase herunterrutschte, wenn der Bus ruckelte.

„Alle mal herhören", begann sie ihre Durchsage, schwankte und schob ihre Brille hoch, während der Bus schlingernd zum Halten kam. „Wir sind angekommen! Bitte stellt euch hintereinander auf und folgt mir."

Die Klasse zockelte die Stufen hinunter und marschierte mit knirschenden Schritten über den Kiesparkplatz auf die Information zu. Direkt dahinter konnte Sarah den fast zweihundert Meter langen Damm sehen, der den Fluss durchschnitt und sich in der Mitte mehr als hundertfünfzig Meter erhob. Ein paar Arbeiter liefen auf dem breiten Weg herum, der sich oben entlangzog. Kelly tippte Sarah auf die Schulter und zeigte hinauf.

„Von da oben aus kann man bestimmt ganz Pine Falls sehen", sagte sie. „Vielleicht sogar das halbe Land!"

„Wahrscheinlich“, sagte Sarah. „Aber wenn ich hinunterfallen würde, wäre mir die schöne Aussicht auch egal.“

Miss Moreno scheuchte die Klasse ins Foyer. Der kleine Raum mit dem grünen Teppichboden war mit interaktiven Beispielen für Stromerzeugung vollgestopft: ein maßstabsgetreues Modell des Staudamms mit Wasser auf beiden Seiten und Knöpfen, mit denen man den Fluss regulieren konnte, eine Glühbirne, die von einem Fahrrad betrieben wurde, ein riesiger Touchscreen, der das Stromnetz von Pine Falls anzeigte. Die Schüler verteilten sich sofort und begannen, alle Knöpfe zu drücken, die sie finden konnten. Im ganzen Raum piepste, klingelte und schwirrte es.

„Ruhe bitte!“, brüllte Miss Moreno über den Lärm hinweg und klatschte laut in die Hände. „Ruhe!“ Die Schüler hörten auf mit dem, was sie gerade taten. „Wir werden nach unserer Führung noch viel Zeit haben, die Modelle zu erkunden! Sammelt euch jetzt bitte hier und hört aufmerksam zu, was uns Mr Wumpus erzählt.“ Sie machte eine Geste zu einem kleinen Mann in einem weißen Hemd mit Kaffeefleck und einer beigefarbenen Hochwasserstoffhose mit einem Strick als Gürtel.

„Ja, vielen Dank“, sagte Mr Wumpus mit näselnder Stimme. „Wenn ihr mir bitte folgen wollt, zeige ich euch die Wunder der Hydroelektronik, und wir beginnen mit dem Grundprinzip der Erdanziehungskraft.“

Die Klasse ächzte im Chor, als Mr Wumpus sie in einen engen Flur führte. Auf einer Seite waren Bilder der Bauarbeiten an dem Damm aufgehängt. Auf der anderen konnte man durch eine Reihe von großen Fenstern gut das riesige Betonbauwerk sehen, das den Fluss in zwei Teile schnitt und einen tiefen Wasserspeicher schuf, der schon bald hindurchfließen und dadurch die Turbinen antreiben und Elektrizität erzeugen würde.

„Wie ihr seht, besitzt Wasser eine gewaltige Kraft“, sagte Mr Wumpus. „Indem wir diese Kraft in Bahnen lenken, können wir erneuerbare Energien schaffen. Aber das ist nicht alles. Staudämme können außerdem eine entscheidende Rolle beim Schutz vor Überflutungen spielen, wenn durch den Klimawandel der Meeresspiegel steigt.“

Sarah versuchte zuzuhören, während ihr Führer auf verschiedene Besonderheiten des Damms und seinen Nutzen für die Umwelt hinwies. Sie wusste, es war wichtig – und wahrscheinlich würden sie hinterher einen Test darüber schreiben –, aber ihre Gedanken wanderten immer wieder zu der Fliegenlernen-AG. Was würde sie dort tun müssen? Wahrscheinlich seltsame Yogastellungen machen und Mantras aufsagen. Sarah hatte kurz das Bild von sich vor Augen, wie sie mit hinter ihrem eigenen Kopf festgeklemmten Füßen an den Achseln aus dem Raum getragen wurde.

Die Klasse näherte sich dem Ende des Flurs. Mr Wumpus öffnete die Tür zu einem kleinen Raum voller elektronischer Schalttafeln, Schalter und Messgeräte, die aussahen wie das Cockpit eines superfuturistischen Raumschiffes. Ein Mann saß davor und beobachtete die Geräte.

„Okay“, sagte Mr Wumpus. „Das ist der Kontrollraum. Ihr dürft hereinkommen, aber bitte fasst nichts an!“

Die Schüler quetschten sich brummelnd in den Raum. Mr Wumpus fuhr fort.

„Wie der Name schon sagt, ist dies der Raum, in dem wir den Betrieb des Staudamms kontrollieren. Das da drüben ist Herbert.“ Herr Wumpus zeigte auf den Mann, der sich umdrehte und kurz winkte, bevor er sich wieder seinen Geräten zuwandte. „Herbert überwacht die Wasserstände im Fluss und im See. Es ist sehr wichtig, dass wir das richtige Gleichgewicht einhalten, denn wie ihr wisst, wird die Kraft des Damms morgen entfesselt!“

„Ach, wie aufregend!“ Miss Moreno legte die Hand an die Brust und lächelte so breit, dass es aussah, als würde gleich ihr Gesicht auseinanderfallen.

„Wow." Kelly beugte sich zu Sarah herüber und flüsterte: „Wer hätte gedacht, dass sie so auf Elektrizität steht?"

„Sie ist eine Naturwissenschaftslehrerin", sagte Sarah. „Das gehört zu ihrem Berufsbild."

„Aber das ist noch nicht alles!", sagte Miss Moreno jetzt. „Ich habe unglaublich aufregende Neuigkeiten für euch …"

Die Klasse murmelte und brummelte. Miss Morenos aufregende Neuigkeiten waren normalerweise so prickelnd wie die Tatsache, dass jeder, der zu Schulzeiten um vier Uhr morgens wach war und sich zufällig mitten in einer dunklen Wüste befand, genau dreißig Sekunden lang eine kleine Wolke kosmischen Staubs sehen könnte. (Blöd nur, dass von Pine Falls aus die nächste Wüste gute viertausend Kilometer entfernt war.)

„Ruhe, bitte", sagte Miss Moreno. „Wie ich schon sagte, ich habe sehr aufregende Neuigkeiten … Wie ihr wisst, probt die Theater-AG schon seit Wochen ein Stück, dessen Autorin und Regisseurin niemand Geringeres als unsere Miss Lam ist."

„Hey", sagte Kelly. „Das ist meine AG! Da spiele ich mit!"

Miss Moreno fuhr fort: „Ihr habt euch vielleicht gefragt, warum sich in dem Theaterstück alles um das Thema Wasser dreht …"

„Weil die Theater-AG absäuft“, sagte Virginia gerade so laut, dass die Klasse es hören konnte.

„Der Grund, weshalb die Theater-AG ein tolles neues Stück mit dem Thema Wasser einstudiert hat, ist, dass sie eingeladen wurde, bei der großen Eröffnung genau dieses Staudamms morgen Abend mitzuwirken“, sagte Miss Moreno.

Aufgeregtes Gemurmel entstand unter den Schülern, vor allem bei den Mitgliedern der Theater-AG. Kelly hatte die Augen so weit aufgerissen, dass sie aussah, als hätte jemand sie verhext.

„Das ist so cool!“ Sarah grinste ihre beste Freundin an. „Du wirst vor Hunderten von Leuten auftreten!“

Sarah fiel nichts ein, das sie weniger gern tun würde, aber sie wusste, es war Kellys Vorstellung vom Himmel.

Doch Miss Moreno war noch nicht fertig. „Mit dem Stargast …“, sie machte eine dramatische Pause, schloss die Augen und hob die Hand: „Kia Karrera!“

Kelly quietschte. Die ganze Klasse schnappte nach Luft, dann fingen alle gleichzeitig an zu reden. Miss Moreno faltete die Hände und ließ sie lärmen. Sie sah sehr selbstzufrieden aus.

„Kia Karrera?!?“, quiekte Kelly und hielt sich die Hände vor den Mund. „Oh! Mein! Gott! Ich fasse es nicht!“

Sarah konnte es auch nicht fassen! Kia Karrera war ziemlich sicher die berühmteste Sängerin der ganzen Welt. Und sie würde bei der Eröffnung des Staudamms auftreten? In Pine Falls?

„Wenn Kia Karrera kommt, wirst du sogar vor Tausenden von Leuten auftreten!", sagte sie zu Kelly, die auf den Zehenspitzen zu tänzeln begann.

„Was sie wohl tragen wird?", schwärmte Kelly. „Weißt du noch, der Regenbogen-Jumpsuit, den sie letztes Jahr bei der Preisverleihung anhatte? Sie sah UNGLAUGBLICH aus. Und ich werde mit ihr auf der Bühne stehen. Das ist ein Traum! Ich glaube, ich werde ohnmächtig." Kelly stiegen die Tränen in die Augen und sie fächelte sich mit der Hand Luft zu.

„Ich freue mich so für dich!" Sarah breitete die Arme aus, um ihre beste Freundin zu drücken. Doch bevor sie ihr Ziel erreichte, schlug ihre Hand gegen etwas ... Matschiges?

„Hey!", platzte eine Jungenstimme hinter ihr heraus. „Mein Sandwich!"

Sarah schaute auf die schleimige Mayonnaisespur quer über ihren Fingern.

„Iiih", sagte sie und wischte sie an der Hose ab. Sie drehte sich zögernd um und sah Pete, einen rothaarigen Jungen mit Sommersprossen, der im Unterricht neben ihr saß, mit offenem Mund dastehen. Seine linke Hand schwebte vor seinem Gesicht, immer noch um ein imaginäres Sandwich geschlossen. Die andere umklammerte eine leere Papiertüte.

„Das war mein Mittagessen“, sagte Pete. „Und du hast es da drunter befördert!“ Er zeigte unter eine riesige Schalttafel und machte ein böses Gesicht. „Und es war mein Lieblingsbelag: Thunfischsalat mit extra Gurken.“

„Tut mir leid“, sagte Sarah. „Ich habe dich nicht gesehen.“

Pete kroch auf dem Boden herum und streckte den Arm unter die Schalttafel. Kurz darauf kam er voller Erdnussschalen, aber ohne Sandwich wieder heraus.

„Ach, Mist!“, sagte er und durchsuchte die Erdnussschalen nach irgendeiner Spur von Erdnüssen. „Jetzt muss ich mir was aus dem Automaten holen.“

„Tut mir leid, Pete.“ Es tat ihr wirklich leid um sein Brot, aber dann kam ihr ein noch schlimmerer Gedanke. Sie warf einen Blick zu Herbert hinüber, der ganz in der Nähe saß und den Blick immer noch auf die Regler gerichtet hatte. „Hast du Thunfisch gesagt?“

„Ja, mit extra Gurken“, sagte Pete seufzend.

„O nein!“, rief Sarah aus. „Dann stinkt bald der ganze Kontrollraum!“ Sie schnüffelte. Der faulige Gestank von Thunfisch hing in der Luft. In Sarah regte sich das schlechte Gewissen. Der arme Herbert sollte nicht mit Thunfischgestank leben müssen, nur weil sie ein Tollpatsch war. Sie warf einen Blick zu Miss Moreno hinüber, die mit Mr Wumpus, Kelly und ein paar anderen Mitgliedern der Theater-AG plauderte. Sarah überlegte, ob sie ihre Lehrerin um Hilfe bitten sollte, aber sie wollte sie nicht stören. Außerdem wollte sie nicht unbedingt zugeben müssen, dass ihre Unbeholfenheit schon wieder eine Katastrophe verursacht hatte, wenn auch eine kleine. Nicht, wenn sie auch noch Virginia sehen konnte, die sie mit hochgezogener Augenbraue vom anderen Ende des Raums aus beobachtete.

Sarah Schussel.

Nein. Diesmal nicht.

Sarah legte sich flach auf den Boden und bewegte den Arm unter dem Schaltpult hin und her. Sie fühlte nach links, dann nach rechts, aber da war kein Sandwich. Wo war das Ding? Vielleicht musste sie sich noch ein bisschen weiter strecken. Und noch weiter. Ihr Hand stieß gegen … die Wand? Sarah schüttelte die Finger. Nein, das war nicht möglich. Die Wand musste mindestens zwei Meter entfernt sein.

Sie wischte mit der Hand über den Boden, bis sie auf etwas Feuchtem, Ekligem landete – und mit etwas darauf, von dem sie hoffte, dass es Gurken waren.

„Tada!“ Sie zog das Sandwich heraus und hielt es in die Luft. Ein Batzen Dreck und eine Schnur baumelten davon herab, und etwas Grünes und Undefinierbares klebte an einem Klecks Thunfisch.

„Wow, du hast es geschafft", sagte Pete mit einem strahlenden Lächeln. Er schnappte sich das Brot, schüttelte die Fremdkörper davon ab und steckte es wieder in seine Tüte. „Danke! Dann habe ich wohl doch etwas zum Mittagessen!"

Sarah rümpfte die Nase. „Lecker", sagte sie und versuchte, nicht zu würgen.

Genau in dem Moment kam Kelly angehüpft und schlang wieder die Arme um Sarah. „Das ist so aufregend!", sagte sie und überschlug sich dabei fast. „Ich fasse es nicht, dass ich mit Kia auftreten darf. Und es wird da draußen stattfinden ..." Sie zeigte auf ein kleines Fenster, durch das man einen Streifen des riesigen Damms sah. „Auf einem großen Floß auf dem See ... und sogar live im Fernsehen! Kannst du das glauben? Es ist wie Schicksal ... Ich werde entdeckt und ein großer Star ... Und das alles dank dieses Damms ..." Kelly hielt kurz inne, um tief Luft zu holen und sich umzuschauen. „Habe ich schon erwähnt, dass ich erneuerbare Energie liebe?"

„Ich freue mich so für dich", sagte Sarah. „Ehrlich."

Und es stimmte. Sie freute sich sehr.

Außerdem war sie superfroh, dass sie nicht in der Theater-AG war.

Denn der letzte Ort, an dem Sarah Adams je sein wollte, war auf einer Bühne. Auf einer schwimmenden Bühne. Mitten auf einem Stausee. Im Live-Fernsehen.

Da wäre die Katastrophe doch schon vorprogrammiert.

Kapitel 4

Man findet am besten heraus,
wo man ist, wenn man weiß, wo man war.
Oder man benutzt GPS.
GPS ist höchst effektiv und deutlich
weniger stressig.

Handbuch Fliegen lernen, WDW Nr. 4

Nach der Schule ging Sarah wie immer direkt in ihr Zimmer, auch bekannt als ihr Allerheiligstes. Sie drückte die Tür mit dem Fuß zu – Sarahs einzige Möglichkeit, damit ihre große Schwester Kate nicht hereinkam. Aber keine gute, denn sie verstauchte sich dabei den großen Zeh.
„Autsch!“, sagte sie und ließ sich auf ihr Bett fallen. Sie schaute das Riesenposter von Lady Venture an, das sie auf der anderen Seite über ihren Schreibtisch gehängt hatte, das, auf dem Lady Venture am Rand einer gewaltigen Klippe posierte. Die Hände hatte

sie fest in die Hüften gestemmt, ihr charakteristischer roter Umhang wehte im Wind hinter ihr, während sie das maskierte Gesicht der Sonne entgegenreckte. Unter ihren Füßen mit den roten Stiefeln stand: *Lebe das Abenteuer.*

Ach! Sarah seufzte. Schön wär's …

Ein abenteuerliches Leben würde bei Sarah zweifellos zu einem Leben im Krankenhaus führen.

Unten hörte sie jemanden auf dem Flügel im Wohnzimmer spielen. Es war ihr Vater, der für eines seiner Konzerte übte. Wenn man es nicht besser wüsste, könnte man meinen, Beethoven höchstpersönlich säße dort unten – mit wirrer Frisur und allem – und ließe die Finger über die Tasten tanzen.

Ta-da-ta-ta-ta-daaaa!

Der Klang breitete sich als grollende Vibration die Wand hinauf aus, und ein „Teilnehmerpokal" kippte direkt über Sarahs Kopf vom Regal und prallte auf ihre Stirn.

„Autsch! Muss das sein?" Sie rieb sich die rote Beule, die sich an ihrer Stirn bildete, während ihr Vater eine letzte Kadenz begann, die klang, als hätte er fünfzehn Hände statt nur zwei. Sarah seufzte. *Ich muss nach der Geburt vertauscht worden sein. Wahrscheinlich bin ich auf der Säuglingsstation aus dem Bettchen gefallen und wurde ins falsche zurückgelegt. Und jetzt zieht irgendwo ein tollpatschiges*

Ehepaar ein musikalisches, sportliches Supergenie groß ...

Die Musik hörte auf, und die Stimme ihres Vaters dröhnte stattdessen durchs Treppenhaus.

„Ach, Schneckchen", sagte er. „Hast du heute Nachmittag nicht diese neue AG? Mama wartet auf dich!"

Sarah antwortete nicht. Stattdessen überlegte sie, wie sie sich davor drücken konnte. *Ich kann nicht, Papa. Ich muss mir die Fußnägel schneiden. Ich rechne gerade Pi* aus, aber das Ding nimmt und nimmt kein Ende! Ehrlich gesagt würde ich lieber hierbleiben, wo niemand verletzt ...*

„Sarah! Du kommst noch zu spät! Beeil dich ..." Diesmal war es Sarahs Mutter. Und Sarahs Mutter meinte es ernst. „Sofort!"

Sie konnte es auch einfach gleich hinter sich bringen. Wenn die Vergangenheit irgendein Indikator für ihre zukünftige Leistung war, würde Sarah nicht länger als eine Stunde durchhalten, bevor sie sich lächerlich machte und wieder alles vergeigte. Was wirklich schade war. Irgendwie gefiel Sarah die Vorstellung, dass sich der süße Ben wegen ihres Supersprungs an sie erinnerte (auch wenn er nur Glück gewesen war) – und nicht wegen einer Dummheit, die ihr als Nächstes passieren würde.

* Pi ist eine Zahl aus der Mathematik mit unendlich vielen Stellen nach dem Komma.

„Sa-rah!!!“

„Komme, Mama!“ Sarah verdrehte die Augen und trottete nach unten. Sie erreichte den leeren Flur, schlüpfte in die Schuhe und kauerte sich hin, um die Schnürsenkel zu binden. Kaum hatte sie eine Schleife gemacht, als sie von einem Fuß im Rücken getroffen wurde.

„Sarah!“, schrie eine Mädchenstimme. Als Sarah aufblickte, sah sie ihre vierzehnjährige Schwester Kate neben sich auf dem Hintern sitzen und sich mit finsterem Blick das Bein reiben. Kate warf Sarah einen wütenden Blick zu.

„Was machst du denn da auf dem Boden?“, fragte sie und schüttelte ihre perfekt glänzenden, langen goldenen Haare. Eine von Sarahs wilden Locken schnellte in einer Art Trotzreaktion vor. Sarah zuckte die Schultern.

„Ich schnüre mir nur die Schuhe zu. Tut mir leid, Kate“, sagte sie mit monotoner Stimme.

„Es sollte dir auch leid tun“, belehrte sie Kate. „Ich habe dieses Wochenende einen wichtigen Wettkampf, das weißt du doch. Ich hätte mir gerade den Knöchel brechen können!“

„Ich habe mich doch entschuldigt“, murmelte Sarah. „Was willst du denn noch?“ Obwohl sie eigentlich lieber darauf hingewiesen hätte, dass Kate vielleicht, nur vielleicht, besser aufpassen sollte, wo sie langging. Aber es hatte keinen Sinn, mit Kate zu streiten. Nie. Kate hatte immer recht. Auch wenn sie nicht recht hatte. Kate rümpfte die Nase, beugte sich nach unten und hob den Fliegen-lernen-Prospekt auf, der Sarah aus der Tasche gefallen war.

„Was ist das?“, fragte sie.

„Gib mir das wieder“, sagte Sarah mit ausgestreckter Hand.

Kate machte einen Schritt rückwärts und las laut: „Mache das Beste aus dir! Entdecke die Kraft in dir! Zeig der Welt deine innere Stärke!“ Sie prustete. „Was soll denn das sein? Irgendein Club für übergeschnappte Ökofreaks, wo jeder ein Gewinner ist, egal, was für ein Loser er ist?“

Sarah blinzelte Kate an. *Hmpf. Gibt es vielleicht etwas Sinnloseres, als auf einer Stadionbahn im Kreis zu rennen?*

„Klingt wie für dich geschaffen“, fuhr Kate fort. Sie ließ Sarah den Prospekt in den Schoß fallen, drehte sich auf dem Absatz um und ging. Sarah zog eine Schnute, und sobald Kate um die Ecke war, streckte sie ihr, so weit sie konnte, die Zunge heraus.

Sarah stopfte den Prospekt in ihre Gesäßtasche und merkte plötzlich, dass ihr Bruder Dave hinter ihr stand. Er lehnte im Rahmen der Küchentür und betrachtete Sarah wie eine Schachfigur, bevor er einen Zug machte. Sarahs Bruder war sechzehn, groß und schlaksig mit wirren schwarzen Haaren und kühlen blauen Augen wie ihr Vater. Sarah erinnerte sich undeutlich an Dave als pummeligen kleinen Jungen mit Brille, aber irgendwann in den letzten Jahren war er mindestens dreißig Zentimeter in die Höhe geschossen und bestand jetzt nur noch aus Ellbogen und Knien, knochigen Armen und Beinen.

Er lächelte. „Hey, Kleine“, sagte er.

„Oh, hallo, Dave“, sagte Sarah. „Hab dich gar nicht kommen hören.“

„Alles cool“, sagte er. Dann nickte er zu der Stelle hinüber, wo Kate eben noch gewesen war. „Lass dich nicht von Rennbahn-Barbie ärgern, okay?“

Sarah lachte. „Nee, sie hat wahrscheinlich recht. *Fliegen lernen* klingt ziemlich doof.“

„Auf keinen Fall!“, sagte Dave ein bisschen zu begeistert. „Du wirst bestimmt einen Riesenspaß haben!“

„Meinst du?“, fragte Sarah.

„Klar!“ Dave lächelte strahlend und schob seine Brille hoch. „Das wird super für dich …“

„Ach ja?“, fragte Sarah hoffnungsvoll. Vielleicht würde es das … Vielleicht würde sie sogar neue Freunde finden! Vielleicht würde sie coole Sachen machen! Vielleicht würde sie tatsächlich dazugehören …

„Natürlich!“, sagte Dave. „Ich meine, dort hast du auf jeden Fall den Vorteil, deinesgleichen kennenzulernen.“

Sarah stöhnte tonlos. Sie wusste, ihr Bruder meinte es lieb. Aber vielleicht sollte er bei seinem Schach bleiben und besser keine aufmunternden Reden halten. „Danke, Mann“, sagte sie.

„Na klar!“ Dave klopfte Sarah herzhaft auf die Schulter. Sie verlor das Gleichgewicht und fiel rückwärts gegen die Treppe, genau als ihre Mutter mit klapperndem Autoschlüssel in der Hand in den Vorraum eilte.

„Da seid ihr ja“, sagte sie. Sie tippte mit dem Fuß auf den Boden und schaute Sarah mit hochgezogener Augenbraue an. „Warum sitzt du immer noch herum? Es wird Zeit, dass wir losfahren, sonst kommen wir zu spät!“

„Ja, genau, ich wollte nämlich gerade vorschlagen …“, begann Sarah. „Vielleicht könnte ich, du weißt schon, diesmal ausnahmsweise …?“

„Natürlich“, sagte ihre Mutter.

Sarah richtete sich auf. „Wirklich?“

„Aber sicher“, fuhr ihre Mutter fort. „Du kannst zum ‚Fliegenlernen‘ gehen … oder du sitzt die Zeit bei Daves Schachturnier ab. Du hast die Wahl.“

Dave stieg vorn ein, den Koffer mit seinen Spezialschachfiguren auf dem Schoß. Sarah seufzte, trottete hinterher und schob sich auf den Rücksitz von Mamas Kombi. Farbe beim Trocknen zuzuschauen war ungefähr tausendmal spannender, als Dave beim Schachspielen zuzugucken. Bei trocknender Farbe wusste man wenigstens, dass es irgendwann vorbei war. Bei Schach war das nicht unbedingt so. Also musste sie sich wohl oder übel für die Versager-AG entscheiden.

Ein paar Minuten später bog der Volvo zum Freizeitzentrum von Pine Falls ab. Sarahs Mutter hielt an und blinzelte zu dem Schild über der Tür hinauf.

„Also, Schatz, hier scheint es zu sein. Raum B ist da drin." Sie zeigte hin. „Komisch, ich wusste gar nicht, dass das Zentrum einen Raum B hat."

Sarah verbrachte selten Zeit an Orten, die ein „Freizeit" im Titel trugen, also konnte es ihres Wissens auch alle Räume von A bis Z geben. Das Gebäude sah wie eine riesige Scheune aus, ganz aus rohem Holz und mit schiefem Dach. Hohe Tannen ragten darum empor. Sarah überlegte, wie lange es wohl dauern würde, bis sie das ganze Ding versehentlich niederbrannte. Wahrscheinlich weniger als zehn Minuten, wenn Räucherstäbchen zum Einsatz kamen.

„Worauf wartest du?", fragte ihre Mutter, deren Blick zwischen der Uhr im Armaturenbrett und

Sarah hin- und herflitzte. „Oder soll ich mit dir reingehen?"

„Nein." Sarah schüttelte eilig den Kopf und hüpfte hinaus. „Ich schaffe das schon." *Ich mache mir nur Sorgen um die anderen AG-Teilnehmer …*

„Okay, dann hole ich dich in anderthalb Stunden wieder ab", sagte ihre Mutter. Dann fuhren sie und Dave mit einem kurzen Hupen davon. Sarah schaute sich um. Am anderen Ende des Parkplatzes stand noch genau ein weiteres Auto, eine alte Limousine, und wenn man von dem platten Hinterreifen ausging und von dem Gras, das zwischen den anderen Rädern spross, stand es wahrscheinlich schon seit 1963 hier.

Offensichtlich eine superbeliebte AG, dachte Sarah angesichts dessen, dass sonst keine Autos auf dem Parkplatz standen. Es sei denn natürlich, sie würden alle hierher fliegen. Sarah prustete über ihren eigenen plumpen Witz, während sie zur Tür ging und sie öffnete. Der Eingangsbereich war genauso leer wie der Parkplatz. In der Mitte stand nur ein eckiger Empfangstresen aus Metall mit einem einsamen Telefon und einem Computer darauf. Keiner saß dahinter.

„Hallo?", sagte Sarah. „Ist hier jemand?"

Irgendwo schepperte etwas. Sarah sah immer noch niemanden. Langsam fragte sie sich, ob sie einfach davonlaufen sollte.

„Hallo?", versuchte sie es noch einmal.

„Hey!“, antwortete eine Stimme, und Sarah spürte jemanden direkt hinter sich. Erschrocken wirbelte sie herum und sah sich Auge in Auge Ben vom Schwimmbad gegenüber.

„Huch!“, sagte Sarah. Wie machte er das bloß immer, so aus dem Nichts zu erscheinen und zu verschwinden?

„Entschuldigung, ich wollte dich nicht erschrecken“, sagte er mit einem schiefen kleinen Grinsen. „Manchmal vergesse ich, wie schnell ich bin.“

„Das sehe ich“, sagte Sarah. Sie nahm sich vor, besser aufzupassen, wenn Ben in der Nähe war.

Bens Lächeln wurde noch breiter. „Ich freue mich, dass du kommen konntest.“

„Ja, klar. Ich auch“, sagte Sarah mit einem Brennen in den Ohrenspitzen. Sie versuchte, es abzustellen, was nur dazu führte, dass sich die Röte übers ganze Gesicht ergoss. „Und jetzt? Ist das die ganze AG? Nur du und ich?“

„Was? Nein. Wir treffen uns natürlich nicht hier oben. Das wäre verrückt.“ Ben neigte den Kopf in Richtung einer halb offen stehenden Schranktür. „Komm mit. Wir fangen gerade an und alle freuen sich total, dich kennenzulernen.“

„Ihr trefft euch ... im Schrank?“, fragte Sarah.

„Natürlich“, sagte er. „So sind wir nicht so leicht zu finden.“

„Natürlich“, echote Sarah. „Also nehme ich an, die anderen AG-Teilnehmer sind Besen und Wischmopps, und euer Vorsitzender ist ein Putzeimer?“

Ben lachte laut auf. „Haha! Das ist wirklich komisch.“

Komisch. Ja, hier war allerdings etwas komisch. Sarah begann sich zu fragen, ob das Ganze eine Art Streich war. Vielleicht gab es hinter der Schranktür eine versteckte Kamera oder so etwas.

Sie folgte Ben zu dem Schrank, und er riss die Tür auf und bat Sarah hinein. Sie blinzelte ein paarmal, fassungslos darüber, dass sie auf einem kleinen Absatz stand, von dem eine schmale Treppe ohne Geländer nach unten führte. Rechts (auf der anderen Seite des nicht existierenden Geländers) ging es steil abwärts in die Dunkelheit. Sarah wich instinktiv zurück, die Hände vor der Brust verschränkt.

„Oh. Dann möchtest du diesmal wohl nicht den schnellen Weg nehmen“, sagte Ben und zeigte auf den Abgrund.

Sarah starrte ihn entsetzt an.

„Vielleicht nächstes Mal“, sagte er achselzuckend.

„Gibt es da unten ein Netz oder so was?“, fragte Sarah.

„Haha“, lachte Ben. „Ein Netz.“ Er gab Sarah einen spielerischen Klaps auf den Arm. „Du bist echt witzig!“

Sarah versuchte zu lachen, aber sie hatte keine Ahnung, was daran so lustig sein sollte. Dieser Ben mochte süß sein, aber er hatte auf jeden Fall einen merkwürdigen Sinn für Humor. Entweder das oder er hatte den „schnellen Weg“ nach unten zu oft genommen und war auf dem Kopf gelandet.

„Also“, sagte Ben, während er voranging. „Wir sind alle in gleichaltrigen Teams organisiert. Und wir wechseln uns im Lauf des Schuljahres bei den Aktivitäten ab. Hier ist unser Stundenplan. Wir treffen uns täglich nach der Schule.“ Er kramte etwas aus seiner Tasche, strich es glatt und reichte es ihr über die Schulter.

Sarah warf einen kurzen Blick darauf: Kostümherstellung, witzige Sprüche, Tarnung und ... *Fliegen?* Beinahe hätte sie eine Stufe verpasst. Sie fing sich ab und steckte das Blatt in die Tasche, bevor sie womöglich die Treppe hinunterfiel. Worum auch immer es in dieser AG ging – Zirkuskunststücke, nahm sie an –, es war eindeutig nichts für sie.

„Weißt du“, begann sie, „ich bin mir nicht so sicher, ob das die richtige AG für mich ist. Ich bin nicht besonders, äh, geschickt. Um ehrlich zu sein, bin ich sogar so ungeschickt, dass ich mir einmal die Finger in meinen eigenen Schnürsenkeln festgebunden habe.“

Ben schaute sie ernst an. „Sei nicht so bescheiden und vergiss nicht, ich habe dich gesehen.“

Sie gesehen? Soweit sie wusste, hatte er nur gesehen, wie sie von einem Sprungbrett gestürzt war. Sie begann, die Stufen zu zählen, um ihre Nerven zu beruhigen. Siebenundzwanzig, achtundzwanzig, neunundzwanzig ... wo war dieser Keller überhaupt? Im Mittelpunkt der Erde?

Bei Stufe neunundvierzig wurde die Luft plötzlich kühler. Die Treppe wurde breiter und heller und schmale Türen erschienen an den Seiten. Sarah warf einen Blick durch die Scheibe in einer der Türen und sah jemanden mit einem verrückten Grinsen im Gesicht in die Luft hüpfen. *Wow!* Da drin musste es ein riesiges Trampolin geben ... Ein anderer Raum wurde von einem Feuerwerk erleuchtet. Sarah blieb stehen und schaute mit großen Augen zu, wie bunte Funken von Wand zu Wand sprangen und von der Glasscheibe abprallten.

„Cool, was?“, sagte Ben.

„Supercool!“ Und eindeutig nicht das Richtige für eine, die den größten Teil der dritten Klasse mit einem blauen linken Bein zugebracht hatte, nachdem sie aus Versehen einen Eimer nicht abwaschbare Farbe über sich ausgeschüttet hatte. Es war Zeit zu beichten. Auf keinen Fall gehörte sie hierher.

„Äh, Ben“, sagte Sarah. „Ich muss dir etwas sagen ...“

„Gleich“, sagte Ben. „Vorher muss ich dir etwas zeigen.“ Er schenkte Sarah ein verschwörerisches Grinsen und riss eine Tür auf. Sarah wäre fast gestolpert – vor Schreck. Hinter der Tür lag ein großer Raum, der eine komplette Miniaturstadt beherbergte, bis hin zu den Wolkenkratzern, Bäumen und Staus auf den Straßen. Darin befanden sich ungefähr ein Dutzend Leute in leuchtend bunten Superheldenkostümen. Und sie flogen durch die Luft.

Nicht wie bei einer Zirkusvorstellung an Seilen. Sie flogen wirklich!

Sarah blieb der Mund offen stehen.

„Willkommen bei *Fliegen lernen,* wo wir die Kraft in uns entdecken!“, sagte Ben mit einer schwungvollen Geste. „Ziemlich gut, was?“

Sarah versuchte etwas zu sagen, aber es kamen keine Wörter heraus. Nur etwas, das klang wie „Argh-flargh-bragel-barg“.

„Natürlich wurdest du mit Superkräften geboren“, sagte er. „Aber jetzt wird es Zeit, dass du diese Fähigkeiten für etwas anderes benutzt als fürs Turmspringen. *Fliegen lernen* kann dich zum Helden ausbilden!“

Ich wurde mit WAS geboren?

War Ben etwa der Meinung, sie sei eine … Superheldin?

Sarah unterdrückte ein leicht irres Lachen.

„Ähm, Ben …“, stammelte sie. Wie sollte sie ihm nur beibringen, dass sie nicht mehr Superkraft hatte als ein Zaunpfahl? „Ich …“

„Verständlich, dass du ein bisschen überrascht bist“, sagte Ben kichernd. „Das war ich auch, als ich herausfand, dass ich nicht der einzige Außergewöhnliche in der Stadt bin. Aber es ist schön zu wissen, dass man nicht allein ist, was?“

„Überrascht? Das kannst du laut sagen“, erwiderte Sarah, die sich jetzt gerade so weit zusammenriss, dass sie ein paar Wörter herausbrachte.

Sie starrte mit großen Augen auf die Apparate und unglaubliche Technik, die sie umgab. Eine Superhelden-AG in Pine Falls! Wahnsinn.

Viel verwirrender aber war, dass *sie* hier hereingekommen war.

Wie sollte sie ihnen nur erklären, dass sie einen riesigen Fehler gemacht hatten?

Kapitel 5

Wichtig ist, nicht zu vergessen, dass jeder Ängste hat. Die beste Art, sie zu besiegen, ist, sich ihnen zu stellen und sie dann mit einem Laser auszulöschen.

Handbuch Fliegen lernen, WDW Nr. 9

Sarah stand kurz da, während ihre Gedanken fast so schnell rasten, wie die bunt gekleideten Superhelden vor ihr durch die Luft flogen. *Ben glaubt, ich sei super. Er glaubt, ich hätte Kräfte. Ein süßer Junge, den ich gerade mal vierundzwanzig Stunden kenne, glaubt, ich hätte Superkräfte.* Es war auf jeden Fall lächerlich. Irre, um genau zu sein. Sarah begann zu kichern, dann brach sie in schallendes Gelächter aus.

„Erklärst du mir den Witz auch?“, fragte Ben.

„Es gibt keinen Witz“, antwortete Sarah. „Na ja, schon. Aber es ist kein Witz von der Haha-Sorte.“

„Häh?“, sagte Ben. „Versteh ich nicht.“

„Verstehst du nicht?“, erwiderte Sarah, in deren Kopf immer noch alles durcheinanderwirbelte. „Ich weiß nicht, wie du auf die Idee kommst, dass ich …“, sie machte eine Geste zu einem Teenager in einem strahlend blauen, eng anliegenden Anzug, der mühelos zwischen den hohen Gebäuden herumflog, „… so bin.“

„Oh, hey“, sagte Ben, grinste wieder und knuffte Sarah an die Schulter. „Ist das alles? Ich bin auch nicht so. Wenigstens noch nicht. Aber keine Sorge. Keiner von uns im Team Kobalt hat diese Stufe erreicht. Um ehrlich zu sein, schaffe ich es immer noch nicht über den Grand Canyon, ohne mindestens einmal abzustürzen.“

Sarah blinzelte mehrmals. „Du bist über den Grand Canyon geflogen?!?“, fragte sie.

„Na ja, nicht über den echten Grand Canyon“, erklärte Ben. „Nur über das maßstabsgetreue Modell. Es befindet sich im Ostquadranten der Anlage.“

„Es gibt hier drin ein maßstabsgetreues Modell des Grand Canyon?“, fragte Sarah. Sie schaffte es kaum, das alles in ihren Kopf zu bekommen.

„Klar“, antwortete Ben. „Wir haben Modelle von allen wichtigen Wahrzeichen und großen Städten der Welt. New York. London. Tokio. Berlin. Paris … Alles Mögliche. Du weißt ja, wie gern Bösewichter in Städten und an Touristenattraktionen Ärger machen."

„Natürlich", sagte Sarah. Schließlich hatte sie nicht den größten Teil ihres Lebens jede Bewegung von Lady Venture mitverfolgt, um das nicht zu wissen.

„*Fliegen lernen* hat mehrere Ausbildungsstätten, aber Pine Falls ist der Hauptstandort. Ob du es glaubst oder nicht, dieser Komplex umspannt acht Quadratkilometer, alles unterirdisch! Unglaublich, was?"

Ja, es *war* unglaublich. Aber noch unglaublicher war der Gedanke, dass sie seiner Ansicht nach auch hierher gehörte.

Vielleicht war das in Wahrheit ein Irrenhaus, und sie hatte am Ende doch noch den Verstand verloren. Dann würde sie allerdings hierher passen!

„Also, bist du bereit?" Ben wedelte mit der Hand zu den Helden hinüber, die vor ihnen durch die Luft schwirrten.

Sarah blieb das Herz stehen. Sie konnte nicht fliegen. Sie konnte kaum einen Raum durchqueren, ohne etwas zu zerstören. „Ja, äh, dazu wollte ich noch was sagen ..." Sie schob sich langsam rückwärts in Richtung Treppe und zuckte vor Schmerz zusammen, als sie mit dem Bein gegen die unterste Stufe stieß. „Es tut mir leid, aber du irrst dich bei mir. Du hast einen Fehler gemacht."

„Komm schon“, sagte Ben. „Ich hab doch den Sprung gesehen.“

„Sprung?“ Sarah rieb sich die Stelle an ihrer Wade, die sich bald lila verfärben würde. „Jetzt weiß ich wirklich, dass du dich täuschst. Ich bin nicht gesprungen – ich bin gefallen. Es war einfach Dummenglück, dass ich heil unten ankam und mich nicht selbst ertränkt habe. Mir passieren ständig solche Sachen. Also“, sagte sie mit einem Winken, „wenn es dir nichts ausmacht, gehe ich jetzt einfach wieder. Nichts für ungut. Tschüss!“

Erleichtert, hier herauszukommen, bevor jemand Offizielles sie sah, drehte sie sich zur Treppe um. Sie war vielleicht eingeladen gewesen, aber Sarah war sich ziemlich sicher, dass es gegen die Regeln verstieß, ein Nicht-Superheld in einer streng geheimen unterirdischen Superhelden-Ausbildungsstätte zu sein. Und wenn es etwas gab, bei dem Sarah sich bemühte, es nicht zu brechen (abgesehen von ihren Knochen), dann waren das Regeln.

„Nein, warte!“, sagte Ben und hielt sie am Arm fest. „Es ist meine Schuld. Du hast recht, ich habe einen Fehler gemacht.“

Sarah seufzte erleichtert auf. „Du musst dich nicht entschuldigen. Ich werde einfach ...“

Sie wandte sich zum Gehen, aber er hielt sie zurück.

„Ich hatte angenommen, dass du von deinen Kräften weißt. Die meisten von uns haben schon ziemlich früh in der Kindheit so eine Ahnung, dass bei uns etwas anders ist, auch wenn wir nicht genau wissen, was."

„Oh, bei mir ist allerdings etwas anders", sagte Sarah und wandte sich wieder zu Ben um. „Aber das hat nichts mit Superkräften zu tun. Glaub mir."

„Das sehe ich anders", sagte Ben. „Ich habe deinen Sprung mitverfolgt."

„Sturz", korrigierte Sarah.

„Von mir aus Sturz", sagte Ben.

Sarah schaute ihn mit hochgezogener Augenbraue an. Wenn Ben schon wusste, dass sie gestürzt war, wie konnte er dann davon überzeugt sein, sie hätte Superkräfte?

„Ich habe das Ganze mit meinem Zeitlupenblick gesehen", erklärte er. „Und glaub mir, es müssen deine Kräfte gewesen sein, die dich gerettet haben."

„Das ist wohl das Verrückteste, das ich je gehört habe", sagte Sarah. „Noch verrückter als ... Moment mal, du hast einen Zeitlupenblick?"

„Klar, wir haben alle einzigartige Kräfte, und das ist meine. Na ja, eine davon", sagte Ben. „Ich kann im Kopf die Zeit verlangsamen, damit ich Dinge in Zeitlupe sehe. Und außerdem kann ich superschnell rennen."

„So schaffst du es also, dich ständig an mich heranzuschleichen", sagte Sarah mehr zu sich selbst. Sie wurde durch ein Rauschen in der Luft unterbrochen, und dann stand Ben auch schon vor ihr, hielt jetzt aber grinsend eine Dose Limo in jeder Hand.

„Bitte schön." Er streckte Sarah eine kalte Dose entgegen. „Bin nur mal schnell zum Imbiss raus und habe uns was zu trinken geholt."

„Wow. Das ist ziemlich cool", sagte Sarah ehrfürchtig, während sie nach der Dose griff, und Ben nickte. „Nein, ich meine, das ist total cool! Du bist ein echter Superheld!"

„Das versuche ich dir doch die ganze Zeit zu erklären", erwiderte Ben. „Und du bist eine von uns. Prost!" Er öffnete die Dose und nahm einen langen Schluck.

„Ben, wie oft muss ich dir noch …", begann Sarah.

„Okay, okay", sagte er, hob die Hände und unterdrückte ein Rülpsen. „Wenn du es ganz genau nehmen willst: Niemand von uns ist ein echter Superheld. Noch nicht. Wir sind Superhelden in Ausbildung. Darum geht es bei *Fliegen lernen.* Okay? Hört sich das für dich besser an?"

„Äh, überhaupt nicht", sagte Sarah, als sie einen großen Mann in einem steifen schwarzen Anzug forsch auf sich zukommen sah. Er hatte rabenschwarze Haare, leuchtend blaue Augen und strahlte ein

Selbstbewusstsein aus, das man normalerweise bei Filmstars, berühmten Sportlern und ... Amtspersonen sah. Sarah stellte sich gerade hin, die Zunge klebte ihr trocken am Gaumen, und sie überlegte fieberhaft, wie sie sich diesmal herausreden konnte. *Tut mir sehr leid, ich bin Sarah Adams, legendärer Schussel. Ich bin einfach zufällig die Treppe heruntergestolpert und in dieser wunderbaren Einrichtung gelandet, die Sie hier haben. Ich habe nichts gesehen, versprochen. Vor allem keinen Haufen Leute in Strumpfhosen, die um nachgemachte Gebäude herumfliegen!*

Ha! Genial, so müsste das doch klappen.

„Hallo, Mr Powers“, sagte Ben, als der Mann direkt vor ihnen stehen blieb.

„Ben“, sagte der Mann mit einem Lächeln, das Fältchen um seine Augenwinkel bildete. „Ist das deine neue Rekrutin?“

„Ja“, sagte Ben. „Das ist Sarah. Sarah, ich möchte dich unserem Direktor vorstellen: Mister Powers.“

Der Direktor. Na super. Jetzt steckte sie also richtig in der Klemme. Mr Powers hielt ihr die Hand hin. Sarah wischte sich die feuchte Handfläche am Oberschenkel ab und schüttelte sie.

„Ich freue mich, dich kennenzulernen, Sarah“, sagte er.

„Ich freue mich auch“, stammelte Sarah und hoffte, ihr Lächeln wäre freundlich, aber unaufdringlich.

„Vielen Dank für die Einladung. Dies ist eine sehr coole … äh, Einrichtung. Ich bin beeindruckt! Aber wenn Sie mich bitte entschuldigen wollen, ich wollte gerade gehen."

„Wie bitte?", fragte Mr Powers mit zusammengezogenen Augenbrauen. „Du kannst nicht einfach gehen."

Sarah schluckte. „Kann ich nicht?" Sie hatte ihr Geheimversteck gesehen. Sicher mussten sie sie jetzt töten. Oder wenigstens per Laserpistole eine Gehirnoperation an ihr durchführen.

„Natürlich nicht", sagte Mr Powers. „Wir hatten doch noch keine Gelegenheit, deine Kräfte zu ermitteln", fuhr er fort.

„Ja, das ist es ja gerade", sagte Sarah, und ihr Blick schoss zwischen Mr Powers und Ben hin und her. „Ich habe gerade schon zu Ben gesagt, ich glaube, hier liegt ein Missverständnis vor. Ich habe gar keine Kräfte."

„Natürlich hast du welche", erwiderte Mr Powers. „Ben ist ein hervorragender Talentscout. Er hat sich noch nie geirrt."

„Für alles gibt es ein erstes Mal", sagte Sarah. „Nichts für ungut, Ben."

Ben zuckte die Achseln. Mr Powers lächelte beschwichtigend. „Keine Sorge, junge Dame. Fast jeder Superheld zweifelt am Anfang an seinen Fähigkeiten“, sagte er. „Das ist völlig normal. Wir werden herausfinden, welche genau deine Kräfte sind, sobald wir deine Einführung beendet haben. Komm mit.“

„Einführung?“ Sarah schluckte trocken, während Ben mit einem Winken abbog und in der nachgemachten Stadt verschwand. Sarah folgte Mr Powers, von den Gebäuden ging es am Fuß der Treppe um eine Ecke herum und einen Flur entlang, in dem Fotos von berühmten Superhelden der Geschichte und der Gegenwart hingen.

„Das sind nur ein paar Absolventen unseres Programms“, sagte Mr Powers im Vorbeigehen. „Und eines Tages wirst du dazugehören!“

Unwahrscheinlich, dachte Sarah, als sie die Bilder betrachtete. Es gab ein Schwarz-Weiß-Foto von Winged Wonder, dem legendären Superhelden aus den 1920er-Jahren, mit nicht nur einem, sondern vier Paar Flügeln. Neben ihm hing Señor Supremo in seiner charakteristischen salsafarbenen Verkleidung in Rot und Orange. Aus seinen Fingern schossen Strahlen roter Tabascosoße. Danach kam der Termiten-Mann mit seinen fiesen Kneifern und dem Chitinpanzer.

„Das ist alles echt cool“, versuchte Sarah es noch einmal. „Aber …“ Sarah blieb abrupt stehen und wurde still. Direkt vor ihr, gerahmt in ihrer ganzen schillernden, leuchtend bunten Herrlichkeit, hing ein Foto von niemand anderem als …

„Lady Venture“, sagte Sarah ehrfurchtsvoll flüsternd, als sie Auge in Auge vor genau dem Bild stand, das sie als Poster über ihrem Schreibtisch hängen hatte. Nur dass dies kein Poster war – es war das Originalfoto, ein lebensgroßer Abzug, so echt, dass Sarah jede Welle im wehenden Umhang ihrer Lieblingssuperheldin erkennen konnte. Sie konnte praktisch die Sonne spüren, die auf Lady Ventures nach oben gerichtetes Gesicht schien.

„Wow.“ Mehr brachte Sarah nicht heraus.

Mr Powers hielt an und drehte sich zu ihr um. „Beeindruckend, nicht wahr?“, sagte er.

Sarah nickte, ohne den bewundernden Blick von Lady Venture abzuwenden. „Sie ist meine Heldin. Wie sie den Jungen aus dem brennenden Vulkan gerettet hat. Wie sie jeden üblen Plan vereitelt, den Captain Calamitous ausheckt. Ich habe ein Album mit allen Zeitungsartikeln über sie. Außerdem verpasse ich keinen neuen Beitrag auf ihrem Youtube-Kanal!“ Sarah blinzelte und schaute Mr Powers an, als ihr plötzlich etwas dämmerte. „Sie hat nicht wirklich ihre Ausbildung … hier gemacht, oder?“

„Natürlich“, sagte Mr Powers nüchtern. „Alle großen Superhelden werden hier ausgebildet.“

Sarah fiel die Kinnlade herunter. Sie stammelte wieder etwas, das wie „Argh-flargh-bragel-barg" klang und folgte Mr Powers zu einer Tür am Ende des Flurs. Er öffnete sie.

„Willkommen in meinem Allerheiligsten." Mr Powers winkte Sarah herein. Der Raum war eine Mischung aus dem Kontrollraum im Wasserkraftwerk am Staudamm und Rektor Jenkins' Büro an der Pine-Falls-Mittelschule. Ein Stahlschreibtisch stand an einer Wand, überladen mit Papierstapeln, einem Telefon, einem Computer, Kulis und Bleistiften. An den anderen Wänden reihten sich blitzende Monitore, Knöpfe und Schalter aneinander. Mr Powers zeigte auf einen Stuhl vor dem Schreibtisch.

„Bitte", sagte er. „Mach es dir bequem."

Sarah setzte sich auf den harten Holzstuhl, auf dem sie sich alles andere als bequem fühlte, und holte tief Luft. Sie musste Mr Powers unmissverständlich klarmachen, dass sie mit ihr falsch lagen. Aber als sie den Mund öffnete, um etwas zu sagen, wurde das Licht plötzlich heruntergedimmt. Vor ihr sank ein Bildschirm von der Decke, und ein etwas altmodisch anmutender Film erwachte flackernd zum Leben.

„Hey, Cats, ich bin Davey", sagte der Junge auf dem Bildschirm. Er hatte wirre braune Haare und trug eine Schlaghose, eine runde Brille mit Drahtgestell und ein großes silbernes Peace-Zeichen an einer Kette um den Hals. Sarah unterdrückte ein Kichern. Das letzte Mal, als sie jemanden so angezogen gesehen hatte, war auf dem Klassenfoto ihres Vaters aus der Grundschule gewesen.

„Ich hatte immer das Gefühl, als wäre ich irgendwie anders, Mann", fuhr Davey fort. Die Kamera fuhr ein bisschen zurück, und man sah jetzt ein Mädchen neben ihm stehen, barfuß, in einem fließenden weißen Kleid, die glatten Haare in der Mitte gescheitelt und mit Schmetterlingsklammern gehalten.

„Genau", sagte das Mädchen. „Ich dachte immer, vielleicht bin ich nicht so wie die anderen Kinder in der Schule ..." *Ha,* gluckste Sarah vor sich hin. Sie wusste genau, wie sich das anfühlte.

„Weil du es auch nicht bist", erwiderte Davey. Seine Lippen verzogen sich zu einem schiefen Grinsen, und die Kamera schwenkte zu einer Frau in einem weißen Laborkittel, die vor einer Tafel stand. Sie tippte mit einem Zeigestock dagegen.

„Hier bei *Fliegen lernen*", sagte sie mit autoritärer Stimme, „widmen wir uns der Identifizierung und Pflege der Superkräfte von angehenden Superhelden. Jeder hat seine eigenen, einzigartigen Kräfte. Wie zum Beispiel Telekinese ..."

Das Bild schwenkte zu einem Jungen, der einen Felsblock anstarrte. Nach kurzer Zeit bewegte sich der Felsen!

„Und außergewöhnliche Stärke …“, fuhr die Frau fort.

Diesmal bewegte ein Mädchen denselben riesigen Felsblock mit einem einzigen Tippen ihres Zeigefingers. Sarah warf einen schnellen Blick auf ihren eigenen Zeigefinger, der in der Mitte einen Knick hatte, weil sie ihn sich einmal auf dem Schulausflug beim Bowling gebrochen hatte. *Riesige Felsbrocken bewegen. Na klar.*

„Und Gedankenlesen und Gestaltwandlung …“

Es ging mit Bildern von Teenys und Kindern weiter, die noch viel mehr erstaunliche Dinge taten, alle davon beeindruckend – und noch weiter von allem entfernt, was Sarah sich bei sich selbst vorstellen konnte. Als könnte sie zwanzig Minuten lang die Luft anhalten. Sie hatte es einmal zwanzig Sekunden lang versucht und war blau angelaufen.

„Und natürlich …“, sagte die Frau im Film, „fliegen!“

Plötzlich war der Bildschirm ein in Sonnenlicht getauchtes Bild von Dutzenden von Kindern, die irgendwo über einer grünen Wiese herumflogen. Ziemlich lächerlich war das. Dennoch versuchte sich Sarah einen kurzen Moment lang vozustellen, wie sie durch die Luft segelte, die Sonne auf den Wangen spürte, den Wind, der ihre Haare wehen ließ –, aber das, was dem am nächsten kam, war die Erinnerung, wie sie einmal eine komplette Treppe hinuntergefallen war.

Der Film kehrte zu der Frau im Laborkittel zurück, die jetzt vor einer Wand stand, die mit Schaubildern vollgepflastert war. Sie tippte auf eines mit dem Titel „Genetische Veranlagung zu Superkrafteigenschaften“.

„Wir wissen heute, dass Kräfte genetisch vererbt werden“, sagte die Frau und blinzelte durch ihre Brille. „Aber da es Superhelden verboten ist, ihren Nachkommen ihre Kräfte zu offenbaren, bis – und falls – diese ihre eigenen entwickeln, kann es unangenehm sein, das Gespräch zu diesem Thema zu beginnen.“

Sarah prustete in sich hinein.

„Was amüsiert dich denn so?“, fragte Mr Powers.

Sarah schüttelte schnell den Kopf. Obwohl es schon urkomisch war, denn jetzt hatte sie die Gewissheit, dass sie auf keinen Fall Superkräfte besaß. Nicht, wenn das bedeutete, dass ihre Eltern auch welche hatten. Sie bezweifelte sehr, dass Klavierspielen als Superkraft galt, egal, wie schnell ihr Vater seine Finger über die Tasten fliegen lassen konnte. Und na ja, Sarahs Mutter war superklug, aber angesichts der Tatsache, dass Jenny Adams nicht einmal den Deckel von einem Konservenglas abschrauben konnte, war die Wahrscheinlichkeit, es mit der Besitzerin von Superkräften zu tun zu haben, gering.

Das Bild wechselte noch einmal zurück zu der Wiese mit den fliegenden Kindern. Die Frau im Laborkittel stand im Vordergrund neben dem legendären Captain Eagle, gekleidet in seinem eng anliegenden schwarzgrauen Elasthan-Anzug, die muskelbepackten Arme vor der ebenfalls muskulösen Brust verschränkt. Sarah schnappte nach Luft. Jeder kannte Captain Eagle. Er hatte 1972 mühelos die Welt gerettet, indem er mutig ins Weltall flog und einen Asteroiden in Stücke zerschlug, bevor er die Erde vernichten konnte.

Captain Eagle reckte das vorspringende Kinn in Richtung Himmel, während die fliegenden Kinder um ihn herum landeten. „Ein Superheld zu sein ist eine noble Berufung“, sagte er. „Voller Abenteuer, Teamarbeit, Ehre und Pflicht. Hier bei *Fliegen lernen* werdet ihr geschult, eure Kräfte einzusetzen, damit ihr als Erwachsene vortreten und die Welt von bösen Superschurken befreien könnt! Stimmt’s, Kinder?“

Jubel erhob sich in der Menge, und die Kamera fuhr dicht an Davey vom Anfang heran. Er schüttelte seine wirre Mähne, hob die Brille an, zwinkerte und sagte: „Dufte, Mann.“

Der Film endete flackernd, und das Licht ging wieder an.

„Na“, sagte Mr Powers. „Was sagst du?“

Sarah unterdrückte ein Grinsen. „Es war, äh, dufte, Mann.“

„Ich weiß, der Film ist ein bisschen veraltet“, sagte Mr Powers, ohne den Mund dabei zu einem Lächeln zu verziehen. „Aber er macht das Prinzip deutlich. Wenn unsere Absolventen alt genug sind, schließen sie sich den Bündnissen der Superhelden an und bekämpfen echte Verbrecher!“

Sarah konnte nicht mehr an sich halten. „Ich weiß nicht, wie oft ich es noch wiederholen soll“, sagte sie mit großen Augen. „Aber ich habe keine Kräfte. Das kann gar nicht sein.“

Sie wollte gerade in allen Einzelheiten die Gründe aufzählen, warum sie offensichtlich auf keinen Fall eine Superheldin sein konnte, dass ihr Leben in Wahrheit eine Aneinanderreihung von Beinahekatastrophen war (wie damals, als sie mit drei aus Versehen die Bremsen ihres Kinderwagens gelöst hatte und bis auf die Hauptstraße gerollt war, wo sie auf wundersame Weise vor dem Süßigkeitengeschäft anhielt), als die Bürotür aufgerissen wurde und hereinspazierte …

Mr Powers?

Sarah schaute zweimal hin. „Sie haben einen Zwillingsbruder?“

Mr Powers (der erste Mr Powers) saß lachend an seinem Schreibtisch. „Nein, das bin nur ich. Ich habe die Fähigkeit, mich aufzuteilen. Ich kann so viele Kopien machen, wie ich brauche."

Der Mr Powers an der Tür wiederholte sein Lachen. „Und das ist auch gut so, denn ich brauche alle Hilfe, die ich bekommen kann, um einen Haufen mutwilliger junger Superhelden im Auge zu behalten!"

Die beiden Mr Powers lachten sich gemeinsam schlapp.

„Okay, komm mit mir", sagte der Mr Powers am Schreibtisch. „Dann stelle ich dich jetzt mal dem Superteam vor."

Sarah blickte zwischen den beiden Powers hin und her und wandte sich schließlich an den ursprünglichen. „Mitkommen? Wohin? Sie sitzen doch."

„Oh, Entschuldigung", sagte der Mr Powers am Schreibtisch. „Ich meinte, geh mit ihm." Er deutete auf seinen Doppelgänger an der Tür. „Ich meine, mit mir ... äh, du weißt schon." Er kicherte und begann, Papiere auf seinem Schreibtisch durchzublättern, wobei er die Erkennungsmelodie einer alten Fernsehserie summte, die Sarah aus Wiederholungen von *Captain Eagles Abenteuerstunde* kannte.

Sarah folgte der Mr-Powers-Kopie einen schmalen stahlgrauen Gang entlang, der von Leuchtstoffröhren erhellt wurde, bis sie zu einer Art Kraftraum kamen, nur dass Sarah so einen noch nie zuvor gesehen hatte. Natürlich gab es Hanteln und Laufbänder. Und dann ... gab es da noch gewaltige, bestimmt zehn Tonnen schwere Eisenblöcke und eine seltsame Vorrichtung aus riesigen Riemen und Stangen. Sarah hatte keine Ahnung, wofür das Ding gut sein sollte, aber sie hatte keine Lust, in seine Nähe zu kommen.

Fünf Kinder befanden sich bereits in dem Raum. Eines war Ben – Sarah erkannte seine blonden Strubbelhaare. Die anderen waren alle ungefähr in Sarahs Alter. Sie hatten sich zusammengedrängt und stritten über etwas.

„Komm schon“, sagte ein Mädchen. „Das ist nicht cool.“

Eine Hand streckte sich über die Köpfe der anderen Kinder, und Sarah konnte eine zappelnde Maus erkennen, die jemand am Schwanz baumeln ließ. Sarah folgte dem Arm, der zu der Hand gehörte – einem sehr, sehr langen Arm. Er streckte sich eindeutig durch den ganzen Raum! Der Arm endete am Körper eines Mädchens, das sehr blonde Haare mit sehr viel Haarspray darin hatte und mit dem Rücken zu Sarah stand.

Das Mädchen sagte boshaft: „Ich habe es euch doch schon mal gesagt: Ich will dieses ekelhafte Ding nie wieder in meinem Rucksack finden. Nie wieder. Nächstes Mal bekommt es den Schrumpfstrahl zu spüren.“

„Das wirst du nicht tun, Stretcha“, sagte Mr Powers mit fester Stimme. „Lass Miss Mouse’ Freund in Frieden!“

„Aber!“

„Sofort!“, sagte Mr Powers.

Das Mädchen namens Stretcha öffnete die Finger und ließ das zappelnde Nagetier auf den Boden fallen. Es flitzte über die Fliesen und sprang in die Tasche eines Mädchens mit mausfarbenen Haaren, von dem Sarah annahm, dass es Miss Mouse sein musste. Der Arm von Stretcha zog sich zusammen wie der von der gruseligen Puppe, die Sarah mit fünf bekommen hatte und deren Körperteile sich beliebig biegen und strecken ließen. Sie hatte alle möglichen lustigen Dinge mit der Puppe angestellt, bis beide Arme und Beine abfielen und sich faulig stinkender, klebriger Schaum über den Teppich ergoss. Bei der Erinnerung daran schüttelte sich Sarah.

„Entschuldigung, Mr Powers“, begann Stretcha. Sie drehte sich langsam zu Mr Powers um. Als sie Sarah neben ihm stehen sah, verwandelte sich ihr Gesichtsausdruck von geheuchelter Reue in Ekel.

„Du“, sagte Stretcha mit einem kaum verhohlenen höhnischen Blick, während sie Sarah musterte.

„Du!“, gab Sarah zurück, während sie in das gemeine, verkniffene Gesicht ihrer Erzfeindin schaute: Virginia Crawford.

Kapitel 6

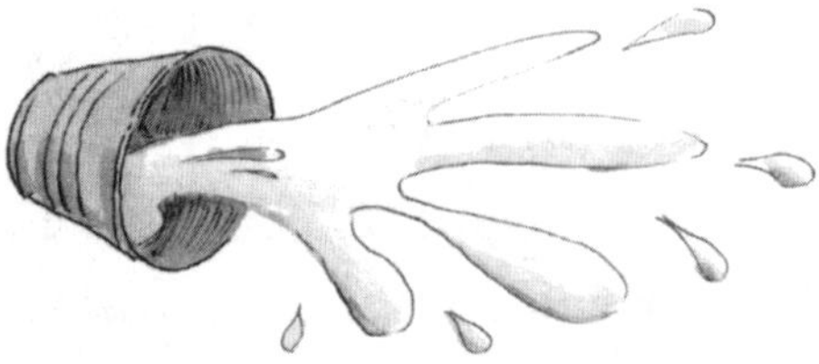

Das Leben legt dir viele Hindernisse in den Weg. Nur du kannst entscheiden, welche du überspringst, niedertrittst, verbrennst, vernichtest oder vor welchem du fliehst. Triff eine kluge Wahl. Du wirst für immer mit deiner Entscheidung leben müssen (oder vielleicht auch nicht).

Handbuch Fliegen lernen, WDW Nr. 22

„Was hat die denn hier zu suchen?“, fragten Sarah und Virginia gleichzeitig.

Virginias Oberlippe verzog sich höhnisch, ein einzelner Lichtfunke blitzte auf ihrer Zahnspange und traf Sarah ins Auge.

„Das ist ein Witz, oder?“, sagte Virginia mit einem schallenden Lachen. „Ich meine, was ist ihre Superkraft? Die Fähigkeit, ganze Städte mit einer einzigen ungeschickten Bewegung dem Erdboden gleichzumachen?“

Sarah spürte, wie ihre Wangen brannten, und wünschte sich die Kraft, Virginia mit einem einzigen Blick zu vernichten.

„Ja, das muss wohl ein Scherz sein“, sagte Sarah, ohne den Blick von Virginia abzuwenden. Sie hatte ihr ganzes Leben lang Superhelden bewundert, und Virginia Crawford sollte eine von ihnen sein?

„Was soll das heißen?“, gab Virginia zurück. „Willst du damit etwa sagen, dass ich nicht hierher gehöre? Ich sollte …“ Sie ballte die Fäuste.

„Stretcha, steck die sofort wieder weg“, warnte Mr Powers, und Virginia seufzte und ließ die Fäuste sinken.

„Um ehrlich zu sein, hast du recht“, sagte Sarah schnell. Ärgerlicherweise hatte Virginia wirklich recht. „Ich versuche es schon zu erklären, seit ich hier bin: Ich bin keine Superheldin.“

Virginia schnaubte voller Genugtuung.

„Jetzt ist aber gut, Mädchen, es reicht“, unterbrach sie Mr Powers. „Und Stretcha, reiß dich zusammen, sonst verbringst du den Rest des Nachmittags im Ruheraum.“

Sarah fand, Ruheraum klang eigentlich ganz nett. Sogar *dufte.* Aber nach dem süßlichen Ich-war's-nicht-und-würde-auch-nicht-mal-daran-denken-Ausdruck zu urteilen, der jetzt über Virginias Gesicht ging, war sich Sarah ziemlich sicher, dass sie keine

Vorstellung davon hatte, was es mit diesem Raum tatsächlich auf sich hatte.

„Das dachte ich mir", erwiderte Mr Powers. „Also, Sarah, ich möchte dir Team Kobalt vorstellen."

Die fünf Kinder traten in einer Reihe vor sie.

„Ben kennst du schon, ihn nennen wir Speed Man. Und Stretcha." Das falsche Lächeln verstärkte sich, gepaart mit einem Blick, der besagte: *Ich kriege dich, sobald er uns den Rücken zudreht …*

„Außerdem haben wir Miss Mouse", fuhr Mr Powers fort. Das Mädchen mit der Maus in der Tasche lächelte und winkte. Es hatte schlammbraune Haare, die zum Pferdeschwanz gebunden waren, und riesige Ohren, die links und rechts vom Kopf abstanden.

„Nenn mich Charlie", sagte Miss Mouse. Die Maus krabbelte aus ihrer Tasche, sprang auf ihren Arm und kletterte auf ihre Schulter, wo sie sich setzte und in eines ihrer Ohren fiepte, als wäre es ihr persönliches Megafon. „Und das ist …" Ein hoher Ton, der alle zusammenzucken ließ, kam aus ihrem Mund. „Aber du kannst ihn Fred nennen."

„Danke, Miss Mouse", sagte Mr Powers. „Neben ihr steht Invisibelle. Und vervollständigt wird die Gruppe von Diablo."

„Schön, dich kennenzulernen", sagte Invisibelle schüchtern und flackernd, indem sie abwechselnd sichtbar und unsichtbar wurde. Sie hatte eine dunkle Flechtfrisur mit bunten Perlen an den Enden, tiefbraune Augen und ein freundliches Lächeln. „Mein Nicht-Superheldenname ist Keisha."

„Und ich tarne mich tagsüber als Joe", sagte Diablo. Er hatte blasse Haut, Sommersprossen und feuerrote Haare, die in alle Richtungen abstanden und Sarah im Vergleich zahm aussehen ließen. Sarah überlegte, was wohl seine Superkraft war – die Finger in Steckdosen stecken?

„Und?", sagte er mit einem leicht spöttischen Unterton, der dem von Virginia ähnelte. „Hast du dir schon einen Superheldennamen ausgedacht?"

„Einen Superheldennamen?", fragte Sarah.

Virginia prustete etwas vor sich hin, das für Sarah verdächtig nach „Wie wäre es mit Supertrottel?" klang.

Mr Powers schaltete sich ein: „Es ist noch zu früh, um einen Namen zu wählen, Kinder", sagte er. „Zuerst muss sie den Test durchlaufen."

Schweigen fiel über die Gruppe, und die Kinder warfen einander beklommene Blicke zu. Sarah fühlte sich sofort wie Kelly, als sie starr vor Angst am Ende des Sprungbrettes gestanden hatte.

„Einen Test? Was für einen Test denn?", begann Sarah. „Ich hatte doch noch nicht mal Zeit zu lernen!"

„Auf diesen Test muss man sich nicht vorbereiten“, sagte Mr Powers, während er sie aus dem Kraftraum und wieder den engen Flur entlangführte. Sarah schluckte. Das Team folgte ihnen. Es gefiel Sarah überhaupt nicht, wie still sie alle plötzlich waren – nicht einmal Virginia schien im Moment eine spitze Bemerkung für sie zu haben.

Sarah warf einen Blick zu ihnen zurück. „Macht ihr den Test auch?“

„Auf keinen Fall, Mann“, sagte Diablo. „Niemand macht den Test zweimal … wenn er’s überleben will.“ Er stieß ein gemeines Kichern aus, und eine Flamme schoss aus seiner Nase.

„Schon gut“, sagte Miss Mouse. „Hör nicht auf ihn. Du musst dir keine Sorgen machen. Wir werden da sein … zu deiner moralischen Unterstützung!“

„Und wozu brauche ich die?“ Sarah schlang die Arme um sich. „Was für ein Test ist das?“ Hoffentlich kein Bluttest. Sarah wurde jedes Mal ohnmächtig, wenn sie eine Grippeimpfung bekam.

Mr Powers blieb vor einer geschlossenen Tür stehen, drückte sie auf und betrachtete Sarah. „Hast du elektronische Geräte bei dir?“

Sarah zog ihr Handy aus der Tasche. „Nur das.“

„Danke“, sagte Mr Powers, nahm es und steckte es in seine eigene Tasche. „Du kannst jetzt hineingehen.“

Sarah trat ein. Sie befand sich in einem leeren Raum mit stahlgrauen Wänden und einem Betonboden, der sehr an einen Verhörraum aus den Fernsehkrimis erinnerte – nur ohne den Tisch und die Stühle. Und die Polizei.

„Warten Sie“, sagte Sarah und drehte sich zurück. „Wofür brauchen Sie mein Handy?“

Statt einer Antwort schloss sich die schwere Stahltür hinter ihr, fiel mit einem unheilvollen Klicken ins Schloss, und Mr Powers und das Team blieben draußen. Sarah rüttelte an der Klinke. Die Tür war abgeschlossen. Sarah begann zu schwitzen. Natürlich wollten sie ihr Handy … damit sie nicht um Hilfe rufen konnte.

„Hilfe!“, schrie sie trotzdem.

In einem Nebenraum ging ein Licht an, und Sarah konnte Mr Powers durch ein großes Fenster an einem Computer stehen sehen. Die Teammitglieder umringten ihn. Virginia hob die Hände zum Hals und tat so, als wollte sie sich selbst erwürgen. Miss Mouse winkte und lächelte Sarah mitfühlend zu, und Sarah begann noch stärker zu schwitzen. Was sollte das hier?

Mr Powers schaute auf die Bedienelemente und begann, an den Knöpfen herumzufummeln. „Einen Moment noch, wir sind gleich startbereit“, sagte er.

„Sagt mir vielleicht endlich mal jemand, was ihr mit mir vorhabt?“

Mr Powers schaute kurz auf. „Der Testraum ist dazu da, deine Kräfte zu isolieren. Die zwei Meter dicken Stahlwände sorgen dafür, dass deine Kräfte nicht durch Fremdeinwirkung gestört werden. Du musst nur da stehen und tun, was auch immer von Natur aus passiert.“

Was von Natur aus passiert? Das hatte normalerweise zur Folge, dass Sarah kopfüber in einem Graben landete. Sie kaute auf der Unterlippe und versuchte, ruhig zu atmen.

„Keine Sorge“, sagte Miss Mouse. „Der Testraum ist völlig sicher.“ Sie schwieg kurz. „Na ja, da war mal die eine Sache vor ein paar Jahren ... Aber die Haare von dem Mädchen sind wieder nachgewachsen. Jedenfalls größtenteils.“

Sarah begann, am ganzen Körper zu zucken. Haare, die nachwachsen mussten? Größtenteils?

„Okay, Sarah“, sagte Mr Powers, während er an einer Kurbel drehte. „Aufgrund deines Sprungs glaubt Ben, dass du die Macht hast, Wasser zu kontrollieren ...“

„Wasser kontrollieren? Was für eine Superkraft soll das denn sein?“, unterbrach ihn Virginia prustend. „Wird sie uns alle in ihren Tränen ertränken?“

„Stretcha“, sagte Mr Powers und legte Daumen und Zeigefinger aneinander. „Du bist so kurz davor …“

„Ja, Mr Powers.“ Virginia richtete sich auf.

„Und ich kann dir versichern, die Macht über das Wasser ist nichts, worüber man sich lustig machen sollte“, sagte Mr Powers. „Als ich ein junger Held war, hatte mein bester Freund diese Kraft.“

„Wirklich?“, fragte Sarah und überlegte, ob sie einmal von ihm gehört hatte. „Wie hieß er?“

„Drop“, sagte Mr Powers.

Virginia und Diablo hielten sich beide die Hände vor den Mund, um ihr Gekicher zu unterdrücken. Aus Diablos Nase schoss eine kleine Flamme.

„Nie von ihm gehört“, sagte Sarah. Es war seltsam. Sie war völlig versessen auf alles, was mit Superhelden zu tun hatte, aber sie war sich sicher, dass es nie einen Helden namens Drop gegeben hatte.

„Dafür gibt es einen Grund“, sagte Mr Powers. „Leider hat er nie ganz gelernt, seine Kräfte zu kanalisieren. Und nachdem er aus Versehen eine böse Überschwemmung in der Schultoilette verursacht hatte – während er noch draufsaß –, wurde Drop so schikaniert, dass er wegziehen musste. Ein echter Jammer. Er hätte wirklich …“ Mr Powers unterbrach sich plötzlich und räusperte sich. „Egal. Bist du bereit, Sarah?“

Bevor sie antworten konnte, begann eine Computerstimme herunterzuzählen. *Drei … zwei …*

Woher kam sie? Sarah schaute sich um.

Eins …!

„Warten Sie!“

Doch plötzlich öffnete sich die Decke, und ein Schwall Eiswasser ergoss sich über Sarahs Kopf. Sie hob die Hände vors Gesicht, als das Wasser an ihr herabfloss, ihre Locken platt drückte und ihr in die Schuhe schwappte. Als der Platzregen aufhörte, rieb sie sich die Augen, nur um zu sehen, wie Mr Powers durch das Fenster stirnrunzelnd zu ihr herüberschaute. Er beugte sich zur Seite und sagte etwas zu Ben, der ebenfalls die Stirn krauszog.

„Was sollte das?“, rief Sarah und spuckte Wasser aus. „Schütten Sie den Leuten immer eimerweise kaltes Wasser über den Kopf?“

„Ich entschuldige mich“, sagte Mr Powers. „Erfahrungsgemäß funktioniert die kurze Überraschung oft.“

„Wie, funktionieren?“, erwiderte Sarah, während sie den Saum ihres Shirts auswrang. „Ich habe Ihnen doch schon x-mal gesagt, ich habe keine Kräfte. Weder über Wasser noch über sonst was!“

„Das haben wir zu entscheiden“, sagte Mr Powers. „Und wir sind noch nicht fertig.“

„Sie vielleicht nicht, aber ich!“, kreischte Sarah, als die Computerstimme wieder zu zählen begann. Diesmal spritzte Wasser von links in den Raum und traf Sarah in die Seite. Sie wäre fast umgefallen.

„Hey! Würden Sie …“, schrie sie. Doch bevor sie den Satz beenden konnte, traf sie ein zweiter Strahl direkt in den offenen Mund. Sarah spuckte mit geblähten Nasenflügeln aus.

„Warten …“

Der nächste Strahl kam wieder von oben. Sarah streckte die Arme hoch, versuchte, ihn zu stoppen, und wurde fast zu Boden gezwungen. Bevor sie Zeit hatte, sich zu erholen, kam noch ein Strahl aus dem Nichts, der sie nach vorn auf Hände und Knie warf. Sarah schäumte vor Zorn, spuckte noch mehr Wasser aus, dann stellte sie sich mit geballten Fäusten hin.

„HÖREN! SIE! AUF!“, brüllte sie.

Das Wasser stoppte. Sarah holte ein paarmal wütend Luft und starrte finster zum Kontrollraum. Miss Mouse’ Gesicht war blass, aber sie hob trotzdem den Daumen, immer noch mit einem aufmunternden Lächeln. Ben zog die Augenbrauen zusammen und sagte etwas zu Mr Powers. Virginia versuchte natürlich so sehr, nicht zu lachen, dass ihr ganzer Körper bebte, und aus Diablos Kopf pufften Rauchwölkchen. Invisibelle war nirgends zu sehen.

Sarah spürte, wie ihr die Hitze in die Wangen stieg, während Wasser von jedem Quadratzentimeter ihres Körpers troff. Es war schlimm genug, wegen nichts so gefoltert zu werden – sie hatte keine Kräfte! Aber sie ließen sie auch noch wie eine Idiotin aussehen! Und das vor Virginia Crawford, der einen Person in der Pine-Falls-Schule, deren Lebensaufgabe es war, jede einzelne von Sarahs Idiotenaktionen fein säuberlich zu dokumentieren.

„Sind Sie endlich überzeugt?“, fragte Sarah kochend vor Wut.

„Noch nicht“, sagte Mr Powers. „Wir haben noch einen Test.“

„Sie machen wohl Witze“, sagte Sarah.

Tat er nicht.

„Deine Reflexe scheinen stark zu sein“, sagte Mr Powers. „Aber aus irgendeinem Grund setzen deine Kräfte nicht ein. Anscheinend funktioniert der Überraschungsansatz nicht.“

„Anscheinend“, erwiderte Sarah trocken.

„Für den nächsten Test schlage ich also vor, dass du dich konzentrierst“, sagte Mr Powers. „Versuch dir vorzustellen, wie du das Wasser von dir schleuderst, ja? Diesmal wird es von unten kommen.“

„Warten Sie, nein!“, begann Sarah. Doch es war zu spät. Eine große Pfütze stieg vom Boden auf. Sie kroch bis zu Sarahs Knöcheln hinauf. Dann zu ihren

Knien. Dann bis zur Hüfte. Und zur Brust. Und zum Hals …

„Wollen Sie mich ertränken?“, schrie Sarah.

Niemand antwortete.

Sarah holte mühsam Luft, als das Wasser zentimeterweise bis zu ihrem Kinn stieg, dann schloss sie die Augen und konzentrierte sich superfest, genau wie Mr Powers gesagt hatte. *Verschwinde, Wasser, verschwinde! Weg mit dir!* Hinter der Scheibe hörte sie das Team Kobalt jubeln und ihren Namen rufen. Charlie und Ben jubelten am lautesten.

„Sarah! Sarah! Sarah!“, schrien sie.

Virginia schwieg. Sicher drückte sie die Daumen, dass Sarah ertrank. Die reckte sich, als das Wasser ihre Lippen erreichte, und versuchte, sich auf irgendeine Energie zu konzentrieren, die das Wasser von ihr wegdrücken würde wie an dem Tag im Schwimmbad. Mehr als einen kläglichen Pups brachte sie aber nicht zustande. Eine kleine Luftblase schwebte zur Wasseroberfläche und zerplatzte direkt vor Sarahs Nase. Natürlich.

„Okay, wir brechen ab“, sagte Mr Powers. Er legte einen Hebel um, und das Wasser floss durch einen unsichtbaren Abfluss ab.

Sarah blieb klatschnass stehen. Sie schüttelte den Kopf und wrang den Saum ihres Shirts aus. Schon wieder.

„Ich glaube, ich habe eine Entschuldigung verdient!“, sagte sie, die Hände in den Hüften. „Und ein Handtuch. Bitte.“

Mr Powers ging gar nicht darauf ein und rieb sich das Kinn. „Es muss etwas geben. Vielleicht hast du diesen Sprung auf irgendeine andere Art gemacht … Vielleicht etwas, das gar nichts mit Wasser zu tun hat.“

Er drückte ein paar Knöpfe, und plötzlich sackte der Boden fünf Zentimeter nach unten. Sarah schwankte, wedelte mit den Armen und landete prompt auf dem Hinterteil. Als sie aufstand, begrüßte sie ein Flammenwerfer, der die einzige halbwegs trockene Locke, die noch auf ihrem Kopf war, versengte.

„Mann!“, schrie Sarah.

Es krachte und knallte, als sich überall im Raum kleine Falltüren öffneten, aus denen lange Metallfinger kamen, um nach Sarah zu piksen und zu stechen. Lichter blitzten auf. Die Decke senkte sich gefährlich weit herab.

Sarah hielt es nicht mehr aus. Sie schloss die Augen und begann zu schreien.

„Ich habe genug!“, rief sie. „Lassen Sie mich hier raus! SOFORT!“

Der Lärm endete, und Sarah hörte, wie die Tür aufging. Immer noch mit geschlossenen Augen atmete sie lange aus.

„Ich weiß nicht, für wen Sie sich halten", sagte sie. „Mir ist egal, ob Sie ein Erwachsener sind. Oder ein Superheld. Das gibt Ihnen trotzdem nicht das Recht …"

„Äh, Sarah? Alles klar?", sagte eine freundliche Stimme.

Als Sarah die Augen öffnete, sah sie Miss Mouse vor sich stehen. Fred saß auf ihrer ausgestreckten Handfläche.

„Ich habe nachgedacht", sagte sie. „Vielleicht hast du solche Kräfte wie ich! Wäre das nicht cool? Wir wären wie Schwestern!"

Sarah stieß ein müdes Seufzen aus. „Klar, das wäre bestimmt cool. Aber wie ich schon allen zu erklären versucht habe – ich habe keine Superkräfte." Sie drückte noch mehr Wasser aus ihren Kleidern. „Und ich habe so langsam wirklich genug davon, getestet zu werden."

„Ich verstehe dich", sagte Charlie. „Das wird jetzt aber nicht gruselig. Horch einfach, ob du verstehst, was Fred sagt." Die Maus begann zu piepsen. Es klang wie Kauderwelsch.

„Und?", fragte Charlie.

„Er sagt, im Flammenausweichen bin ich unvergleichlich", sagte Sarah mit todernster Miene. „Auf jeden Fall besser als das Mädchen, dessen Haare verbrannt sind."

Charlie warf einen Blick auf Fred, der den Kopf schüttelte und wieder in ihre Tasche tauchte.

„Der Flammenwerfer hätte dir einen Gefallen getan!“, rief Virginia hinter der Glasscheibe. Diablo prustete, und ein Flammenstoß schoss ihm aus dem Ohr.

„Stretcha …“, mahnte Mr Powers.

„Es tut mir leid“, sagte Charlie zu Sarah. „Aber du darfst nicht aufgeben.“

Jetzt kam Ben mit einer Tasse dampfender heißer Schokolade in den Raum. Sarah schaute ihn wütend an. „Du“, knurrte sie. „Was ist da drin? Testen wir jetzt, ob ich gegen Gift immun bin?“

„Es ist nur Kakao. Ehrenwort.“ Er hielt ihr die heiße Schokolade hin wie eine Friedenspfeife. „Ich weiß, das war jetzt ziemlich viel“, sagte er. „Aber ich schwöre dir, wir haben das alle durchgemacht. Und wenn wir erst deine Kraft herausgefunden haben, wird es super!“

„Ich. Habe. Keine. Kräfte“, sagte Sarah und riss Ben die Schokolade aus den Händen. Sie schloss die Augen, nahm einen Schluck und seufzte. Von Kakao ging es ihr immer gleich besser … und oben drauf schwammen sogar kleine Marshmallows, so mochte sie es am liebsten.

„Hey, viele Superhelden fallen bei ihrem ersten Test durch“, sagte Ben. „Ging mir auch so.“

Sarah öffnete ein Auge und blinzelte ihn an. „Ehrlich?“ Ben nickte, und Sarah öffnete auch das andere Auge.

„Ja“, sagte Charlie. „Manchmal können Superhelden ihre Kräfte nicht benutzen, wenn sie nicht wirklich in Gefahr schweben.“

Mr Powers kam mit einem Handtuch zur Tür herein. Er reichte es Sarah, und sie machte einen schwachen Versuch, sich trocken zu rubbeln. „Das stimmt“, sagte er. „Lebensgefahr ist oft der auslösende Faktor für das Zutagetreten einer Kraft.“ Er rieb sich nachdenklich das Kinn und zog die Augenbraue hoch. „Vielleicht hat die Angst, die du während deines Sprungs hattest, genügt, um deine Kräfte zu aktivieren. Sie können sehr unbeständig und sporadisch sein, wenn sie noch in der Entwicklung sind.“

„Und dann gibt es da ja noch die wesentlich logischere Erklärung“, sagte Sarah. „Nämlich: Ich habe keine Superkräfte.“

„Wie wäre es, wenn du mich das beurteilen ließest?“, sagte Mr Powers. „Für den Moment kannst du einfach als ‚Uneindeutige‘ an der AG teilnehmen.“

Sarah wollte schon ansetzen, noch einmal zu erklären, dass sie über keinerlei Kräfte verfügte. Aber sie hatte es satt, ihre Energie zu verschwenden. Abgesehen davon: Wenn sie ihr erlauben wollten, heute noch hierzubleiben, war sie bestimmt nicht so blöd zu widersprechen! Sie befand sich schließlich mitten im Ausbildungszentrum für Superhelden, und der Teil ihres Hirns, der nie eine Neuigkeit von Lady Venture verpasste und davon träumte, echten Superhelden persönlich zu begegnen, schrie ihr zu, es nicht zu versauen.

Mr Powers ging zur Tür. „Ben, Charlie ... nehmt Sarah bitte mit in Tableaus Studio. Ich ziehe mich in mein Büro zurück und denke das Ganze noch einmal durch. Wir fahren mit den Tests ein andermal fort, Sarah."

Sarah verdrehte nur die Augen und biss sich auf die Zunge. Denn sie würde absolut und auf gar keinen Fall jemals wieder in die Fliegen-lernen-AG kommen – geschweige denn in diesen Testraum des Grauens.

Kapitel 7

Sei nicht blind für die Antworten, die direkt vor deiner Nase liegen. Es sei denn natürlich, sie wären unsichtbar. Dann solltest du wohl mit etwas anderem versuchen, sie zu finden. Mit Telepathie zum Beispiel. Oder mit radioaktiven Nanopartikeln.

Handbuch Fliegen lernen, WDW Nr. 13

Sarah verließ den Testraum und marschierte mit Charlie und Ben wieder durch den Flur, gefolgt vom Rest des Teams und einer Spur aus Wassertropfen.

„Was hat es mit Tableaus Studio auf sich?", fragte Sarah ein bisschen unbehaglich. Nach dem, was sie gerade durchgemacht hatte, überraschte sie nichts mehr. Vielleicht würden sie da drin von hohen Gebäuden springen. Oder über glühende Kohlen laufen. Oder üben, Pistolenkugeln auszuweichen.

„Du wirst schon sehen", sagte Charlie fröhlich. „Es macht großen Spaß."

Ihr habt hier eine sehr seltsame Vorstellung von Spaß, dachte Sarah.

Sie war mehr als erleichtert, als das Team vor einem Raum haltmachte, der genauso aussah wie der Zeichensaal in der Schule: ein robuster Tisch in der Mitte, lange Bänke an beiden Seiten, ein halbes Dutzend Behälter voller Papier, Malpinsel, Scheren und – hey, – Glitzer, ein großes Waschbecken voller bunter Farbflecken und Poster an den Wänden.

Ein junger Mann – der halbe Kopf rasiert, die andere Hälfte mit langen grünen Haaren – erschien in der Tür. Er trug einen farbverschmierten weißen Arbeitskittel über einem schwarzen T-Shirt und einer Jeans.

„Willkommen“, sagte er mit einem leichten französischen Akzent zu Sarah. „Isch bin dein Lehrer für Kreatives Gestalten. Isch ’eiße Tableau.“

Das Team drängte sich an Sarah vorbei in den Raum und nahm am Tisch Platz.

„Hallo, ich bin Sarah“, sagte sie und schaute sich um. „Ich wusste nicht, dass Werkunterricht hier zum Programm gehört.“

„Es ist kein Werkunterrischt“, sagte Tableau mit einem kleinen Schnaufen. „Es ist Logodesign. Siehst du?“ Er zeigte auf die glänzenden, bunten Poster von legendären Superhelden in ihren charakteristischen Kostümen an den Wänden. „Der Super’eld muss unverwechselbar sein. Er muss für Menschen, die 'ilfe brauchen, sofort erkennbar sein und gleischzeitisch seine wahre Identität verschleiern."

„Ach sooo", sagte Sarah nickend.

„'eute arbeiten deine Teamkameraden an ihren T-Shirt-Designs", sagte er. Dann fragte er mit hochgezogener Augenbraue: „Du 'ast doch einen Süper'eldennamen, nischt wahr?"

Sie schüttelte den Kopf. Schwierig, einen Superheldennamen zu haben, wenn man gar keiner war. Das wollte Sarah Tableau gerade erklären, sie biss sich aber auf die Zunge. Vielleicht war es ja gar nicht so schlecht, so zu tun als ob – nur ein ganz kleines bisschen. Was war denn, wenn Charlie recht hatte? Was, wenn Sarah wirklich Kräfte hatte und sie nur einen kleinen Schubs brauchten?

Ja, klar, Wahnvorstellungen entwickeln – das wird meine wahre Superkraft sein!

„Ah, mach dir keine Sorgen", sagte Tableau mitfühlend. „Du kannst ein T-Shirt für einen ausgedachten Super'elden machen." Er zog ein weißes T-Shirt aus einer Schublade und gab es ihr. „Wie wäre es mit Super Sarah?", sagte er mit einer dramatischen Geste. Sarah war sich sicher, Virginia am anderen Ende des Raums prusten zu hören.

„Ein erfundenes Logo für eine Möchtegern-Superheldin. Das passt ja", murmelte Sarah vor sich hin, während sie das T-Shirt nahm und sich Charlie und Ben gegenübersetzte. Sie wünschte, sie hätte einen eigenen Namen und eigene Superkräfte – wie Lady Venture. Sarah überlegte, wie ihre Lieblingsheldin wohl ihren Namen bekommen hatte. Es war schwer, sich die tolle Lady Venture mit ihrer Superkraft und ihrer Supergeschwindigkeit und ihren ehrlich sagenhaften Haaren hier als ungeschickte Zwölfjährige vorzustellen, die versuchte, sich ein Logo auszudenken. Aber niemand wurde als Superheld geboren, oder? *Zu schade, dass ich nie eine von ihnen sein werde.* Sarah warf einen Blick über den Tisch zu Charlie, die einen wild aussehenden Löwen auf die Vorderseite ihres Shirts malte.

„Miss Mouse klingt nicht gerade nach Raubtier“, erklärte Charlie, ohne aufzublicken. „Aber ich habe die Gabe, mit allen Tieren sprechen zu können, nicht nur mit den süßen kleinen.“

Sarah nickte, nahm sich einen blauen Stoffmalstift und zeichnete ein großes „S“ auf ihr T-Shirt. „Und wie hast du das herausgefunden?“, fragte sie. „Dass du mit Tieren sprechen kannst, meine ich?“

„Lustige Geschichte. Erst dachte ich, ich würde Stimmen hören“, sagte Charlie. „Komische Stimmen, die sehr seltsame Dinge sagten, wie: ‚Fass den Käse nicht an!‘ und ‚Das ist das Schnappding, das Onkel Milton den Schwanz abgebissen hat!‘ Im

Grunde dachte ich, ich sei total verrückt geworden. Bis ich herausfand, dass die Stimmen aus einem Mäusenest kamen, das sich in der Wand hinter meinem Bett befand. Und dann habe ich eines Tages Fred hier erwischt, wie er Kaubonbons von meiner Kommode stehlen wollte – und er verstand mich, als ich schrie: ‚Haltet den Dieb!'"

Charlie lachte und Sarah auch. „Ha! Das ist super!"

„Es war total aufregend", sagte Charlie. „Immerhin fand ich heraus, dass ich nicht verrückt bin. Und Fred und ich sind seitdem beste Freunde. Außerdem habe ich mich bei Onkel Milton wegen der Mausefalle und seinem Schwanz entschuldigt – und ich habe ihn mit einem frischen Stück Käse entschädigt."

„Cool", sagte Sarah.

„Aber manchmal ist es auch ganz anders, mit Tieren sprechen zu können, als man sich das vorstellt", sagte Charlie. „Sie erwarten, dass man ständig für sie da ist. Es ist nicht wie bei Cinderella, wo du einfach pfeifen kannst und sie nehmen dir alle Hausarbeiten ab."

Sarah lachte.

„Und dann erst die Vögel!", fuhr Charlie fort. „Die reden pausenlos, und von ihren Federn muss ich niesen!" Sie rieb sich die Nase, als würde allein der Gedanke daran eine allergische Reaktion auslösen.

„Und der Rest des Teams?“, fragte Sarah. „Was sind deren Superkräfte?“

Ben, einen blauen Pinsel in der Hand, blickte auf. „Fangen wir mit Keisha an“, sagte er und nickte zum Ende des Tisches hinüber. „Sie wird Invisibelle genannt, weil sie alles unsichtbar machen kann.“

„Alles?“, fragte Sarah.

„Yep, alles“, sagte Ben. „Außer vielleicht mich.“ Er grinste und ein Luftstrom wehte Sarah die Locken aus der Stirn. „Denn dafür müsste sie mich erst einmal erwischen.“ Sarah bemerkte, dass er jetzt eine Schere in der Hand hatte, obwohl er sich scheinbar nicht vom Fleck bewegt hatte. Sein Pinsel war abgewaschen und lehnte am Waschbecken.

„Und Diablo kann Flammen produzieren und das Feuer beherrschen“, fuhr Ben fort, während er Blitze in sein Shirt schnippelte. „So habe ich ihn auch in der Schule entdeckt. Der arme Joe musste ständig nachsitzen, weil er aus Versehen Sachen angezündet hat. Zum Beispiel die Haare unserer Sportlehrerin.“ Ben runzelte die Stirn. „Zumindest glaube ich, das war ein Versehen …“

Sarah schüttelte sich, als sie daran zurückdachte, wie ihre Koch-AG in Flammen aufgegangen war, und hoffte, dass sie nicht Joes Superkraft hatte. Sonst stünde ganz Pine Falls in Gefahr niederzubrennen. Die Gabe, Dinge unsichtbar zu machen, dagegen …

Dafür konnte sich Sarah tausend nützliche Verwendungen vorstellen. Zum Beispiel sich vor ihrer Mutter zu verstecken, wenn sie mit Abspülen dran war. Oder eine Eiswaffel unsichtbar werden lassen, damit sie sie in den Unterricht schmuggeln konnte. So viele unglaubliche Möglichkeiten!

Sarahs Tagtraum darüber, wie sie ihre Schwester unsichtbar machen würde, endete jäh, als sie nach einem neuen Stoffmalstift griff und ihre Finger gegen etwas Hartes stießen.

„Autsch!“ Sie zog die Hand zurück und rieb sie, während sie schaute, woran sie sich gestoßen haben könnte. Nichts. Natürlich. Nur Sarah konnte sich an etwas verletzen, das nicht einmal existierte. Außer … Sie hörte, wie etwas über den Tisch rollte, dabei Papier zerknitterte, einen Stift auf den Boden warf. Es war keine Einbildung, es war unsichtbar – und es steuerte genau auf Charlies Shirt zu.

„Pass auf!“, rief Sarah. Sie streckte die Hand aus und versuchte, das rollende unsichtbare Ding zu packen, verfehlte es aber und kippte beinahe einen Becher mit Wasser und Pinseln um.

„Puh, das war knapp.“ Ein nervöses Grinsen schlich sich in ihr Gesicht, während sie den Becher sicher hinstellte und erleichtert aufatmete.

Charlie legte den Kopf schief. „Was war knapp?“, fragte sie.

„Nichts“, begann Sarah, doch da knallte das rollende Ding gegen eine Flasche mit neongrüner Farbe und ergoss sich direkt auf Charlies T-Shirt. „Ich meine …“, stammelte Sarah. Charlie schaute auf ihr Shirt, wo jetzt ein grüner Farbklecks direkt aus dem Maul ihres Löwen zu spritzen schien.

„Er sieht aus … als wäre ihm schlecht“, sagte Charlie.

„Es tut mir so schrecklich leid“, sagte Sarah. Sie nahm ein Papierhandtuch und versuchte, das Grün wegzutupfen, verteilte es aber nur noch weiter.

„Das macht nichts, ehrlich“, sagte Charlie, während sie ihr half, die Farbe wegzurubbeln. „Du warst das doch nicht, oder?“

„Ich … ich weiß nicht genau“, antwortete Sarah.

„Au!“, schrie Ben. Die Mädchen drehten sich gleichzeitig um, als etwas Unsichtbares Bens Hand einen Schubs gab – der Hand mit der Schere – und er quer durch sein Shirt schlitzte. Die Schere flog ihm in hohem Bogen aus den Fingern. Das ganze Team duckte sich, als sie durch die Luft wirbelte und mit einem Platsch im vollen Waschbecken landete, sodass das Wasser quer über Joes Shirt spritzte. Joe schaute mit offenem Mund nach unten, während sich alle Farben am Saum seines Shirts zu kleinen Pfützen sammelten.

„Du hast mein Feuer gelöscht!“, sagte er.

„Was ist hier los?“, fragte Keisha, die aufgestanden war und gerade mit einer Handvoll Pinsel zum Waschbecken ging.

„Pass auf!“, schrie Sarah.

Doch es war zu spät.

Keisha setzte einen Fuß nach vorn – genau in das Wasser, das auf den Boden gespritzt war. Die Pinsel flogen ihr aus der Hand, und sie drehte sich mit aufgerissenen Augen zur Seite, fing sich ab, indem sie sich am Tisch festhielt – der sich prompt hochkant stellte. Sarah schaute entsetzt zu, wie Farben, Stifte und Stoffe in die Luft flogen. Virginia öffnete den Mund, zweifellos, um Sarah zu schelten. Doch bevor sie etwas sagen konnte, traf sie eine Schale Glitter mitten im Gesicht. Sie blinzelte durch das Gefunkel. Sarah machte sich instinktiv auf ihrem Stuhl klein. *Das wird mir Virginia ewig vorhalten.* Ein ganz neues Kapitel für ihren Katalog der dummen Dinge, die Sarah anstellte.

„Du, du …“, stotterte Virginia. „Ich werde dich so was von …“

Tableau erschien mit einer Schachtel in der Hand in der Tür und schnappte nach Luft, als er den Schauplatz überblickte. „Aïe!“, sagte er. „Euch darf man nicht einmal einen Moment aus den Augen lassen!“ Er setzte die Schachtel ab und hob die Hände in die Luft. Sofort hielt die Zeit an.

Sarah beobachtete erstarrt, wie Tableau im Raum umhereilte – umgefallene Farbtöpfe aufrichtete, Wasser aufwischte, Keisha auf die Beine stellte. Als alles wieder an seinem Platz war, schnippte er mit den Fingern, und die tickende Uhr – und die Schuldzuweisungen – gingen weiter.

„Sie war's!", schrie Virginia.

„Es tut mir leid", begann Sarah. „Es war ein Unfall. Ich weiß nicht, was passiert ist. Ich habe etwas umgeworfen, das ich nicht sehen konnte. Es rollte über den Tisch und knallte gegen Sachen, und dann fiel es herunter, glaube ich, und …"

Virginia blies einen Mundvoll Glitzer in die Luft, streckte den Arm zum anderen Ende des Tisches, ohne den Körper zu bewegen, und hob einen großen, metallenen Behälter für Stifte vom Boden auf. „Du meinst das hier?", fauchte sie und hielt ihn hoch.

Sarah starrte den Stiftehalter entsetzt an. Er war fast so groß wie Virginias Kopf. Wie hatte sie ihn übersehen können? „Aber er war unsichtbar", sagte Sarah. „Ich schwöre es, ich konnte ihn nicht sehen!"

„Ich habe ihn auch nicht gesehen", sagte Charlie.

„Keisha", sagte Tableau. „'ast du ihn unsischtbar gemacht?"

„Nein, Monsieur Tableau", antwortete Keisha. „Wirklich nicht."

„Natürlich nicht“, sagte Virginia, während sie den Behälter mit einem Knall auf den Tisch zurückstellte. Sarah erschrak. „Sie …“ Virginia deutete mit einem extralangen Finger auf Sarah. „Sie sucht nur eine Ausrede für ihre eigene dumme Tollpatschigkeit.“

„Ehrlich …“ Sarah blinzelte Tränen weg. „Ich habe ihn nicht gesehen. Ich verstehe nicht, wie …“

Plötzlich ging ein Lächeln über Virginias glitzerverkrustete Wangen. „Ich hab’s!“, sagte sie.

„Was?“, fragte Sarah zittrig in der Hoffnung, Virginia könnte wirklich wissen, was gerade geschehen war. Und dass Sarah dieses eine Mal nicht schuld war.

„Deinen Namen“, sagte Virginia.

Jetzt kommt’s … Sarah Schussel.

„Ja, dein Superheldenname“, fuhr Virginia fort, „müsste eigentlich *Miss Geschick* sein!“

Kapitel 8

Im wirklichen Leben bist du nur so groß,
wie du dich fühlst. Es sei denn, du wurdest
von einem Schrumpfstrahl getroffen.
Dann bist du tatsächlich klein. Sehr, sehr klein.

Handbuch Fliegen lernen, WDW Nr. 5

Das ergab alles keinen Sinn. Weder der rollende Stiftehalter noch die Tatsache, dass Sarah angeblich Superkräfte haben sollte. Und auch nicht, dass Virginia – ausgerechnet Virgina! – Superkräfte besaß.

Nach der Katastrophe in der Fliegen-lernen-AG saß Sarah auf ihrem Bett und versuchte, das ganze Chaos zu verstehen. Falls Ben recht hatte (worauf er bestand, auch als Sarah die Stunde halbnass, voller Farbe, Glitter und Mäusehaare verließ), dann hieß das, einer von Sarahs Eltern musste über Superkräfte verfügen. Und das machte das Ganze nur noch verwirrender. Wie sie es auch drehte und wendete, die Einzige in ihrer Familie, die sich Sarah als Superheldin vorstellen konnte, war Oma Trixie, die ihre jungen Jahre als Zirkusakrobatin verbracht hatte.

Aber wenn Oma Trixie Superkräfte hatte, wäre dann nicht auch Sarahs Mutter eine Superheldin? Sarah dachte kurz darüber nach und landete direkt wieder bei ihrer vorherigen Schlussfolgerung – sie hatte keine Superkräfte. Was bedeutete, dass sie auf keinen Fall wieder einen Fuß in diesen Fliegenlernen-„Club" setzen würde, damit sie mit ihren quälenden Tests weitermachen konnten.

Tja, noch eine erfolglose AG, die sie abhaken konnte.

Sarah zog ihr Handy heraus. Sie hatte einen ganzen Haufen Nachrichten von Kelly. Aber Sarah war jetzt nicht danach, mit jemandem zu quatschen. Also öffnete sie stattdessen Lady Ventures Youtube-Kanal, um sich mit ein paar von ihren Lieblingsvideos zu trösten. Es gab Lady Venture, wie sie durch die Luft segelte, um einen Kletterer zu retten, der an einer Klippe baumelte, wie sie mit einer Hand einen rasenden Zug aufhielt, wie sie den Superschurken Maximus Monster in eine Raumkapsel einsperrte und mit Schwung ins Weltall beförderte …

„Schaust du immer noch diese idiotischen kleinen Verbrechensbekämpfer-Videos an?"

Sarah wandte sich um. Ihre Schwester Kate hatte den Kopf zur Tür hereingesteckt.

„Und wie siehst du überhaupt aus?“, fuhr sie fort. „Ich weiß, du liebst diese AG für durchgeknallte Hippies, aber das ist doch kein Grund, voller Farbe und Glitter hier herumzusitzen.“

„Musst du nicht irgendwo im Kreis rennen?“, fragte Sarah.

„Ich habe gehört, einige von Lady Ventures Videos wurden digital bearbeitet“, sagte Kate schnippisch, während sie davonstolzierte.

Sarah starrte ihr immer noch hinterher, zu wütend und verletzt über den Vorwurf, dass irgendetwas an Lady Venture unecht sein könnte, um eine gute Retourkutsche parat zu haben, als Dave zur Tür hereinschaute.

„Lass dich nicht ärgern“, sagte er, ganz der hilfsbereite große Bruder. „Aber wenn du Interesse an der Verbrechensbekämpfung hast, solltest du vielleicht nicht nur die hippen Sachen lernen. Parkzeitüberschreitungen, zum Beispiel. Nicht jeder kann ein Superheld sein, weißt du?“

„Das ist mir durchaus bewusst“, sagte Sarah. *Sogar mehr, als du denkst.*

„Das ist die richtige Einstellung!“, sagte Dave. „Es ist doch keine Schande, seinen Lebensunterhalt als Politesse zu verdienen!“

„Ich werde es mir merken“, sagte Sarah tonlos. „Danke für die Berufsberatung.“

„Bitte, gerne!“, sagte Dave und verzog sich mit einem nervigen kleinen Hüpfen wieder.

Sarah verdrehte die Augen, stand auf und knallte die Tür zu. Sie wusste, dass sie niemals eine Superheldin sein würde, aber sie konnte doch sicher mehr im Leben erreichen, als Strafzettel auszustellen? So, wie es aussah, würde sie allerdings nicht einmal dafür den Test bestehen.

Am nächsten Morgen in der Schule ging Sarah mit Kelly in Richtung Turnhalle und hörte ihrer besten Freundin geistesabwesend zu, was sie über den Auftritt bei der großen Staudammeröffnung an diesem Abend schwatzte.

„Und dann“, sagte Kelly, „wird Kia mit riesigen Drahtseilen auf die Bühne herabgesenkt! Du weißt schon, als würde sie fliegen!“

„Toll“, sagte Sarah gerade, als sie ein bekanntes Gesicht im Korridor auf sich zukommen sah. Es war ein älterer Junge, den Sarah zufällig am Abend zuvor richtig fliegen gesehen hatte – ohne Drahtseile. Der Junge und Sarah tauschten wissende Blicke, während sie aneinander vorbeigingen. Kelly hörte eine halbe Sekunde auf zu reden.

„Hey“, sagte sie. „Wer war das?“

Sarah suchte nach Worten. Sie wünschte, sie könnte ihrer besten Freundin in aller Ausführlichkeit all die wilden Dinge erzählen, die sie erlebt hatte, doch das würde sie nicht tun. Sarah mochte ein Schussel sein, aber sie war keine Verräterin. Vor allem nicht, wenn es um so wichtige Dinge ging wie die Identitäten von Superhelden.

„Ein Freund von Dave“, sagte Sarah schnell.

„Oh“, sagte Kelly. „Wo war ich gerade?“

„Kia Karrera an Drahtseilen?“, half ihr Sarah.

„Ach ja“, sagte Kelly. „Das ist ein ziemliches Herumgetüftel, bis alles funktioniert. Gestern Abend durfte ich sogar mit Kia reden! Sie hat sich allen aus der Theater-AG vorgestellt und uns erzählt, wie sie selbst an ihrer Schule auch in der Theater-AG angefangen hat, genau wie ich. Es ist so, als wäre ich praktisch die nächste Kia Karrera!“

„M-hm“, nickte Sarah.

„Ich habe das Gefühl, das Universum gibt mir diese Chance ...“ Plötzlich blieb sie stehen und berührte Sarah am Arm. „Es tut mir leid“, sagte sie. „Ich, ich, ich – ich habe nicht einmal gefragt, wie dein Abend war. Hat die neue AG Spaß gemacht?“

Sarah zuckte die Achseln. „Es war ganz okay", sagte sie. Eigentlich wollte sie Kelly die Wahrheit nicht vorenthalten. Doch es ging nicht um sie allein. „Allerdings genau wie ich dachte; einer von diesen gut gemeinten Kursen für Kinder, die besondere Ermutigung brauchen. Ich gehe nicht mehr hin."

„Ach, schade", meinte Kelly und schwieg noch eine halbe Sekunde, bevor sie sich wieder auf das Thema Kia und die Show stürzte. Sarah schaltete ab. Es ärgerte sie doch ein bisschen, dass sie nicht erzählen konnte, was sie am Vortag erlebt hatte, was ihrer Ansicht nach ohnehin viel aufregender war als ein Zusammentreffen mit einem Popstar … Auch wenn es viel mit kaltem Wasser und Flammenstößen aus der Wand zu tun hatte.

Die Mädchen erreichten die Umkleidekabine und zogen sich für den Sportunterricht um. Mr Boswell, der Sportlehrer, scheuchte sie durch die Halle nach draußen, wo ein stetiger Nieselregen vom Himmel fiel. *Bäh, noch mehr Regen.* So ungefähr der einzige Zeitpunkt, an dem es in den letzten vier Wochen nicht geregnet hatte, war während Sarahs Wettbewerb im Schwimmbad gewesen.

Die Schüler drängten sich am Hallenausgang zusammen, um nicht nass zu werden. Mr Boswell scheuchte sie weiter.

„Abmarsch“, sagte er. „Ein bisschen Wasser hat noch keinem geschadet.“ Er stieß ein seltsames Lachen aus und hob das Gesicht zum Himmel. Einen Moment lang hätte Sarah schwören können, dass er tatsächlich die Regentropfen einatmete. Waren alle Sportlehrer so schräg?

Kelly ächzte. „Ich habe heute Morgen eine ganze Stunde lang meine Haare gestylt!“

Sarah schwieg. Das Letzte, worum sie sich sorgte, waren ihre Haare. Viel beunruhigender fand sie, dass Mr Boswell jetzt auf die Laufbahn deutete, auf der Hürden aufgestellt waren. Sportunterricht war schlimm genug für Sarah. Zusätzlich Hürden und Regen, das war, als würde man die Rutsche auf dem Spielplatz einölen und dann noch mit Stacheln besetzen. Verletzungen waren da unvermeidlich.

„Aufstellen“, sagte Mr Boswell. „Verteilt euch auf die Startpositionen.“ Die Klasse rührte sich nicht vom Fleck, weil es noch stärker zu regnen begann. „Beeilt euch!“, wiederholte Mr Boswell. Widerstrebend marschierten die Schüler zu der Bahn hinüber und stellten sich auf. Der Regen durchnässte ihre Sportkleidung. Mr Boswell platzierte sich an der Ziellinie, wie immer von Kopf bis Fuß glänzend, und rief in ein Megafon.

„Auf die Plätze, fertig … los!“ Er ließ eine Tröte quäken und die Schüler spurteten los.

Sarah strengte sich an, ignorierte die Läufer um sich herum, dachte nur an die erste Hürde, die schnell auf sie zukam. Zu schnell. Aus dem Augenwinkel sah sie jemanden in einer Pfütze ausrutschen, und ein Beinpaar schoss in die Luft. Wenn andere schon nicht klarkamen, *musste* sie es ja vergeigen.

Sarah strengte sich noch mehr an, als sie schon wieder ein Platschen hörte. Fast hatte sie die erste Hürde erreicht. *Das kann ja nichts werden.* Sie kniff die Augen zu und schleuderte die Beine hoch. Ihre Füße trafen mit einem Rumms auf dem Boden auf. Als Sarah die Augen wieder öffnete, war sie verblüfft, dass sie wirklich auf dem Boden stand – auf der anderen Seite der Hürde!

Sarah blinzelte und lief weiter, übersprang Hürde um Hürde, während ihre Mitschüler über die Bahn rutschten und platschten. Aus irgendeinem Grund war Sarahs Bahn merkwürdig trocken – sie selbst war merkwürdig trocken. Eigenartig. Es sei denn … Sarahs Herzschlag legte noch einen Zahn zu.

Vielleicht habe ich doch Wasserkräfte!

Erfüllt von einer unerklärlichen Freude, sprang sie über die letzte Hürde und überquerte die Ziellinie.

Während sie verschnaufte, schlitterte Mr Boswell auf sie zu. „Na so was, na so was“, sagte er mit seiner öligen Stimme. „Wenn das nicht Sarah Adams ist. Sie trotzt den Erwartungen – und wieder einmal den Gesetzen der Natur."

„Häh?" Sie folgte Mr Boswells Blick zurück zur Bahn und sah, dass alle ihre Mitschüler ausgeglitten und in Pfützen gefallen waren. Kelly saß ganz am Anfang der Strecke und fummelte geknickt an ihren Zöpfen herum. Sarah war die Einzige, die das Ziel erreicht hatte.

Mr Boswell grinste. „Du hast das Rennen gewonnen", sagte er. „Sonst ist niemand auch nur in deine Nähe gekommen."

Sarahs Herz schlug noch ein bisschen heftiger. *Ist das möglich?*

„Du hast eindeutig ein verborgenes Talent für … Leichtathletik."

„Ach was, ich bin nur die Einzige, die nicht ausgerutscht und hingefallen ist", widersprach Sarah. „Insofern hat gar kein Wettkampf stattgefunden."

„Eben", sagte ihr Lehrer. „Und deshalb solltest du wirklich nach der Schule an meinem Sondertraining teilnehmen."

Sarah zog die Nase kraus. Sprachen sie und Mr Boswell dieselbe Sprache? Er hatte ihr gerade zugestimmt, dass sie lediglich mangels Konkurrenz gewonnen hatte, und wollte sie trotzdem in seinem Spitzenteam?

„Nein, danke", sagte sie. „Ich verzichte lieber."

„Warum denn?“, fragte er. „Möchtest du nicht das Beste in dir zum Vorschein bringen?“

Sarah zog die Augenbraue hoch. Dieser Satz kam ihr furchtbar bekannt vor. *Habe ich vielleicht wirklich und wahrhaftig irgendwelche Superkräfte?*

„Nee“, sagte Sarah. „Ich will das Glück nicht herausfordern. Wie mein Vater immer sagt: ‚Eine kaputte Uhr geht zweimal am Tag richtig.‘“

Der Lehrer lachte nicht über ihren Witz. Doch der Fairness halber musste Sarah gestehen, dass sie auch nie lachte, wenn ihr Vater diesen Spruch zum Besten gab.

„Ist das ein Nein?“, fragte der Sportlehrer.

„Ja, ich bleibe dabei: Man soll aufhören, wenn's am schönsten ist“, sagte Sarah.

Ganz abgesehen davon, rief eine kleine Stimme in Sarahs Kopf, *findet heute Abend wieder die Fliegen-lernen-AG statt. Wie wäre es, wenn du hingehen und Mr Powers sagen würdest, dass du bereit bist, dich noch einmal testen zu lassen? Man weiß ja nie …*

So verrückt war die Hoffnung.

Kapitel 9

Wir alle tragen Masken.
Eine der größten Herausforderungen ist,
herauszufinden, was sich dahinter verbirgt.
Vor allem, wenn es Captain Calamitous ist.
Dann ist es entscheidend.

Handbuch Fliegen lernen, WDW Nr. 14

Nach der Schule ging Sarah direkt zur Fliegen-lernen-AG. Sie wollte Mr Powers unbedingt bitten, sie noch einmal zu testen, so verrückt sich das auch anfühlte. Vielleicht gab es ja doch eine Chance …

Aber statt sie noch einmal zu testen, führte einer der Mr-Powers-Klone das Team Kobalt in Klassenraum Nr. 12, einen völlig normalen Raum mit Tischen und Stühlen, und begann einen Vortrag über die verschiedenen Arten von Kriminellen, denen sie in ihrer Superheldenlaufbahn begegnen konnten.

„Superschurken", sagte er, während er auf die Abbildung einer Gestalt mit einem schwarzen Umhang und passender Augenmaske deutete, „sind uns selbst gar nicht so unähnlich."

„Sind sie wohl!", sagte Virginia entrüstet. „Sie sind böse, und wir sind gut!"

Du hast eine ziemlich dehnbare Definition von gut, dachte Sarah.

„Was ich damit meine", sagte Mr Powers, „ist, dass Superschurken sich ebenfalls gern dort verstecken, wo jeder sie sehen kann. Wie Sir Darko hier, der legendäre Superschurke, der seine Fähigkeit, Elektrizität zu kontrollieren, bei Nacht benutzte, um große Städte auf der ganzen Welt in komplette Dunkelheit zu versenken. Bei Tag allerdings ...", Mr Powers klickte zum nächsten Bild weiter, auf dem man einen streberhaft aussehenden Typ mit käsigem Gesicht, Brille und Wirbel in den Haaren sah, „war er einfach Eugen Strebermeister, ein freundlicher, unauffälliger Computerexperte."

„Ach sooo", sagte die Klasse im Chor. Mr Powers fuhr fort.

„Mr Strebermeister ist also ein hervorragendes Beispiel eines Bösewichts, der sehr schlau war und alle Tricks kannte", sagte er. „Es brauchte sehr viel List und Geduld, um ihn zu fangen und einzusperren – natürlich in einem Gefängnis, das nicht mit elektrischen Türschlössern arbeitet." Mr Powers wechselte zu einem weiteren Bild von Sir Darko in gestreifter Sträflingskleidung in einem Gefängnis, das aussah wie direkt aus einer Geisterstadt im Wilden Westen, wo er mit Ketten an den Boden gefesselt war.

„Aber nicht jeder Bösewicht ist so gerissen", fuhr Mr Powers fort. „Manche legen auch das klassische Verhaltensmuster des Schurken an den Tag, der sich mit seinem ruchlosen Plan brüstet. Diese Schurken sind viel leichter zu besiegen. Wie Con Cave hier." Mr Powers zeigte ein neues Bild von einem niedergeschlagen aussehenden Mann mit der Statur eines Holzklotzes und einem mickrigen Kopf obendrauf, der in klobigen Handschellen auf dem Rücksitz eines Streifenwagens saß.

„Cave wollte ein Erdbeben verursachen, das Los Angeles dem Erdboden gleichgemacht hätte", sagte Mr Powers, „aber dann hat er eine Rede über das riesige unterirdische Königreich gehalten, das er zu regieren plante, nachdem die Stadt zerstört war ..., was meiner Wenigkeit die Zeit verschaffte, ihn dingfest zu machen!"

Die Klasse jubelte. Sarah klatschte beeindruckt mit, während Mr Powers die Diashow beendete und das Licht einschaltete. In ihrer Magengegend bildete sich ein aufgeregter Knoten. Es war beinahe so weit ...

„Und bevor wir es für heute gut sein lassen“, sagte Mr Powers, „möchte ich euch alle daran erinnern, nach ungewöhnlichen Aktivitäten Ausschau zu halten. Ich werde den Gedanken nicht los, dass ein Wetterschurke hinter dem vielen Regen der letzten Zeit stecken könnte.“

„Wie Thunder Boy oder Hannah Hurricane?“, fragte Charlie schaudernd.

Auch Sarah überlief es kalt. Sie erinnerte sich, wie sie Hannah Hurricane vor zwei Jahren in den Nachrichten gesehen hatte. Sie hatte beinahe ganz Miami zerstört – nach einem Wutanfall, weil ihr Kaffee zu heiß war.

„Nicht sehr wahrscheinlich“, erwiderte Mr Powers. „Thunder Boy und Hannah halten sich beide lieber in Küstengebieten auf. Nein, das kommt mir eher wie das Werk meines alten Widersachers Sir Torinado vor.“

„Sir Torinado?“, fragte Ben. „Wer ist das?“

„Ihr seid wahrscheinlich alle zu jung, um euch zu erinnern, aber Sir Torinado hat in Pine Falls vor zehn Jahren für viel Aufregung gesorgt. Wir hatten ihn schon fast geschnappt, als er im Schutz eines fürchterlichen Sturms doch noch entwischte. Es gibt Gerüchte, dass er sich in London niedergelassen hat, wo sein ständiges Regenmachen nicht so auffällt. Aber ich werde den Gedanken nicht los, dass er hierher zurückgekehrt ist, um die alte Rechnung zu begleichen. Also seid auf der Hut, Kinder."

In der Klasse gab es Gemurmel. Sarah hob die Hand.

„Ja, Sarah?" Mr Powers nickte ihr zu.

„Was sollen wir tun, falls wir Sir Torinado aufspüren?"

„Angreifen natürlich!", johlte Diablo und schüttelte die Faust. „Ich warte nur darauf, mir einen großen, bösen Superschurken zu grillen!"

Mr Powers blinzelte zu Diablo hinüber. „Du wirst nichts dergleichen tun", sagte er. Aus Diablos linkem Ohr schoss eine kleine Flamme und erstarb flackernd. „Das ist viel zu gefährlich. Wenn irgendeiner von euch Hinweise auf Missetaten bemerkt, berichtet ihr mir auf der Stelle davon. Die anderen erwachsenen Superhelden im Bezirk und ich werden uns darum kümmern. Verstanden?"

Die Klasse nickte.

„Sehr schön", sagte Mr Powers. „Das ist alles für heute. Ihr könnt gehen. Vergesst nicht: Bleibt wachsam, konzentriert euch und seid stark."

Mr Powers begann, seine Notizen in einen Ordner zu packen, während das Team den Raum verließ. Sarah blieb zurück und drehte eine Locke um den Zeigefinger. Mr Powers blickte zu ihr auf.

„Hast du etwas auf dem Herzen?", fragte er.

„Ja, Mr Powers“, sagte sie und ließ eilig die Hände sinken. „Heute ist im Sportunterricht etwas passiert. Wir haben Hürdenlauf gemacht und alle anderen sind im Regen ausgerutscht und hingefallen. Ich war die Einzige, die es bis zur Ziellinie geschafft hat. *Die Einzige.* Also könnte ich vielleicht doch Kräfte haben. Und deshalb bin ich bereit, den Test noch einmal zu versuchen.“ Sie lächelte breit und hoffnungsvoll.

Mr Powers ließ den Ordner in seine Aktentasche gleiten, schloss den Reißverschluss und betrachtete Sarah nachdenklich. „Vielleicht bist du da auf der richtigen Fährte“, sagte er. „Vielleicht haben die Anspannung des Sprungs und des Rennens deine Kräfte geweckt. Eigentlich wollte ich dir ein paar Tage Zeit geben, damit du dich vom letzten Test erholen kannst. Aber wenn du schon bereit ist, dann machen wir es jetzt.“

Sarah nickte eifrig. Hoffnung schwoll in ihrer Brust wie ein prall aufgeblasener Luftballon.

„Super“, sagte Mr Powers. „Dann gehen wir jetzt in den Testraum. Ein paar Sachen habe ich noch nicht an dir ausprobiert, und ich habe ein paar Ideen, wie wir die Erfahrung stressiger machen können …“

„Stressiger?“, fragte Sarah mit einem kleinen, ängstlichen Glucksen. „Wie denn?“

„Wenn ich dir das sagen würde, wäre es nicht mehr stressig, oder?“, antwortete Mr Powers, wobei er vergeblich versuchte, ein verschmitztes Grinsen zu verbergen.

Minuten später war Sarah wieder in dem kalten, grauen Testraum eingeschlossen und fragte sich langsam, ob das vielleicht doch nicht die beste Idee aller Zeiten gewesen war.

„Könnten Sie mir vielleicht nur einen ganz kleinen Hinweis geben?“, fragte sie. „Was kommen könnte?“

Die Antwort darauf bestand aus einem Dolch, der aus einem Loch in der Wand geschleudert wurde. Er schoss nur wenige Zentimeter vor ihrem Gesicht vorbei und blieb mit einem dumpfen Geräusch zitternd in der Wand gegenüber stecken. Das ließ nichts Gutes erwarten. Ein zweiter Dolch zischte aus der anderen Richtung an ihr vorbei. Noch einer kam aus einem Loch im Boden und hätte Sarah fast die Schuhspitze abgeschnitten.

Sarah klopfte das Herz bis zum Hals. Im Raum wurde es stockdunkel. Was jetzt? Sarah hoffte inständig, es würden keine Dolche mehr sein. Wie konnte sie etwas ausweichen, das sie nicht kommen sah? Sie bemühte sich, so gut es ging, ruhig zu bleiben und gleichmäßig zu atmen.

Es ist nur ein Test. Es ist nur ein Test.

Da hörte sie ein leises Zischen. Gefolgt von einem Rasseln. Und dann noch mehr Zischen. Sarah erstarrte.

War das … eine Klapperschlange?

Das Zischen und Rasseln wurde lauter. Sarah grub die Fingernägel in die Handflächen.

„Hau ab!“, rief sie in die Dunkelheit. Das Zischen kam näher. „Ich hab doch gesagt: Zisch ab!“, sagte Sarah. „Zischschschschsch!!!“ Charlie machte bestimmt nicht einfach irgendwelche Tiergeräusche nach und hoffte, sie würde verstanden, aber etwas anderes fiel Sarah nicht ein.

Wieder das Rasseln. Sarah spürte, wie etwas Kaltes und Schuppiges ihr Bein streifte. Sie unterdrückte einen Schrei, als sich das Ding um ihre Knöchel wickelte, und zwang sich, ganz still stehen zu bleiben. Doch die Schlange wickelte sich weiter um ihre Beine, immer höher an ihrem Körper hinauf und rasselte die ganze Zeit. Sarah begann zu zittern – die Angst war überwältigend.

Plötzlich hörte das Zischen auf, das Licht ging an und der Boden unter Sarah sackte weg. Sie schlug mit den Armen, ihr Herz hämmerte, und einen Moment lang meinte sie, tatsächlich zu fliegen. Doch einen Augenblick später knallte sie auf den Boden. Er hob sich langsam wieder; Sarah versuchte im Sitzen, wieder zu Atem zu kommen.

Mr Powers schaltete die Bedienelemente aus und kam in den Testraum. Ein Blick in sein Gesicht, und der Hoffnungsluftballon in Sarahs Brust zerplatzte, als hätte jemand eine Nadel hineingestochen.

„Ich habe schon wieder versagt", sagte sie niedergeschlagen.

„Es tut mir leid, Sarah", sagte Mr Powers. „Normalerweise reichen die Dolche und die Schlange, damit bei allen vor lauter Angst die Kräfte zum Vorschein kommen – wenn du Superkräfte hättest, hättest du während des letzten Tests fliegen können müssen." Mr Powers holte Luft. „Das ist uns noch nie passiert. Es fällt mir nicht leicht, das zu sagen, aber ..."

„Schon gut", unterbrach ihn Sarah. „Sie müssen es nicht sagen."

„Ich bewundere dich wirklich dafür, dass du es noch einmal versucht hast, Sarah, und ich wünschte, es wäre anders." Das Mitleid in seiner Stimme schmerzte, viel mehr als die tröstenden Worte von Trainerin Li oder von irgendeinem anderen AG-Lehrer davor. „Aber es sieht so aus, als hätte sich Ben dieses eine Mal doch geirrt."

Sarah hätte gern geglaubt, dass sie Superkräfte hatte, und sei es nur für einen Tag. Sogar nur für eine Minute. Aber jetzt wusste sie es. Sie war nichts

Besonderes – nur tollpatschig genug, um einen völlig verrückten Turmsprung abzuziehen.

„Es ist nicht deine Schuld."

Sarah nickte. Eigentlich war es egal, wessen Schuld es war. Es tat trotzdem weh. Sogar noch mehr als damals, als sie in der Koch-AG ihre eigene Hose in Brand gesetzt hatte. Feuer konnte man wenigstens löschen. Den Schmerz in ihrem Herzen konnte man nicht ersticken. Sie stand auf und klopfte sich den Hosenboden ab. „Dann gehe ich jetzt", sagte sie mit gesenktem Blick. „Es tut mir leid, dass ich Ihre Zeit verschwendet habe."

Mr Powers nahm sie freundlich am Arm. „Nur eines noch", sagte er. Sarah blickte zu ihm auf, und noch ein letztes Mal stieg eine kleine Blase der Hoffnung an die Oberfläche.

„Ja?", fragte sie.

„Die Sache ist die", antwortete Mr Powers, „wir haben noch nie jemanden in den inneren Kreis gelassen, der gar keine Superkräfte besitzt ..."

Sarah schlug wieder den Blick nieder; auch diese Hoffnungsblase zerplatzte.

„Und du verstehst sicherlich, dass uns das nicht nur ziemlich peinlich ist", sagte Mr Powers und räusperte sich, „es ist auch ein ernstes Sicherheitsrisiko. Wir können uns keine Mitwisser erlauben, dass *Fliegen lernen* seinen Sitz hier in Pine Falls hat.

Es würde unser ganzes Ausbildungsprogramm gefährden."

„Werden Sie meine Erinnerung löschen?" Irgendwie hoffte sie, das würde gehen. Diese ganze Erfahrung wäre viel weniger schmerzhaft, wenn sie sich nicht daran erinnern könnte.

„Nein", sagte Mr Powers mit einem traurigen Lächeln. „Nein, das werden wir nicht. Aber ich muss dich bitten, nie wiederzukommen. Und mit niemandem über das zu sprechen, was du hier gesehen hast, verstanden?"

„Ja, Mr Powers", sagte Sarah. „Das ist klar. Sie können mir vertrauen. Ich werde nichts sagen."

„Ich weiß", sagte Mr Powers. „Und es tut mir sehr leid."

Sarah ging zur Tür, leider mit intakter Erinnerung, und überlegte, ob sie jemals irgendwo dazugehören würde. Auf dem Korridor kam sie an den Klassenzimmern mit den Superhelden in Ausbildung vorbei. Sie wichen Hindernissen aus, übten mit Laserpistolen und lernten zu fliegen. Wie konnte sie, Sarah, so dumm sein zu glauben, sie könnte *hierher* gehören?

Mit gesenktem Kopf bog sie um die Ecke und lief in Ben und Charlie hinein. Buchstäblich natürlich. Sie prallten zusammen und fielen auf den Hintern.

„Tut mir leid", sagte Sarah und stand auf. „Hab euch nicht kommen sehen."

„Nichts passiert“, sagte Charlie, während sie sich aufrappelte.

„Was tut ihr überhaupt noch hier?“, fragte Sarah und hielt ihr die Hand hin, um ihr aufzuhelfen. „Ich dachte, ihr wärt schon alle fertig für heute.“

„Wir haben auf dich gewartet“, sagte Ben. Er legte den Kopf schief und lächelte sein kleines schiefes Lächeln, von dem Sarahs Wangen immer rosa wurden.

„Auf mich gewartet?“, echote sie. „Wozu?“

„Wir haben dich mit Mr Powers zum Testraum gehen sehen“, sagte Charlie aufgeregt. „Also, was ist es? Teleportation? Telekinese? Spann uns nicht länger auf die Folter!“ Fred wieselte aus Charlies Tasche, kletterte an ihrem Arm hinauf und setzte sich aufmerksam auf ihre Schulter.

Sarah atmete laut aus. „Nichts davon“, sagte sie. „Anscheinend ist mein einziges Talent, bei Tests durchzufallen.“

„Das kann nicht sein“, sagte Ben. „Ich hab’s im Schwimmbad mit eigenen Augen gesehen. Ich bin mir sicher, dass du irgendeine Kraft hast.“

„Doch, es kann sein.“ Sarah schluckte den Kloß in ihrem Hals hinunter. „Ich bin in den Tests durchgefallen. In allen.“

„Tja, das muss ja nicht unbedingt heißen …“, begann Charlie hoffnungsvoll.

„Es heißt, ich bin raus aus der Fliegen-lernen-AG", sagte Sarah. „Mr Powers hat es mir gerade mitgeteilt. Ich muss gehen und darf nie wiederkommen."

„Was?", rief Charlie. „Das ist nicht fair!" Mit finsterem Gesicht murmelte sie lautlos etwas vor sich hin. Fred riss die Augen auf und fiepste etwas zurück. „Sorry", sagte Charlie verlegen. „Fred sagt, ich soll aufpassen, was ich sage."

Ben warf Charlie einen wissenden Blick zu. „Sieht aus, als wäre es Zeit für Plan B", sagte er.

Sarah schaute sie stirnrunzelnd an, als beide zu grinsen begannen.

Was auch immer Plan B war – er würde in einer Katastrophe enden, da war sie sicher.

Charlie, Ben und Sarah schlugen sich durch den Wald. Ein matschiger Pfad schlängelte sich zwischen den Tannen hindurch zum See. Es regnete immer noch in Strömen. Vorsichtig setzte Sarah auf dem schlüpfrigen Boden einen Fuß vor den anderen. Es hätte ihr gerade noch gefehlt, jetzt auszurutschen und mit dem Kopf auf den Boden zu knallen.

„Hört mal", sagte Sarah, während sie zuschaute, wie das Wasser auf das Laub prasselte. „Wir müssen das wirklich nicht sofort machen. Wir könnten doch auch warten, bis der Regen nachlässt." *Oder wir könnten es einfach ganz sein lassen.*

„Vergiss es", sagte Ben schnell. „Wir gehen der Sache auf den Grund. Heute."

Je tiefer sie in den Wald vordrangen, desto lauter wurde das Wasserrauschen. Der Himmel über den Bäumen verdüsterte sich unheilvoll, die Wolken wirbelten, und Donner grollte. Sarah schlang die Arme um sich und schauderte.

Charlie blickte kurz auf. „Glaubt ihr, Mr Powers hat recht und Sir Torinado ist wieder da?", fragte sie.

„Wie wir in der AG gelernt haben: Alles ist möglich", sagte Ben feierlich.

Alles, nur nicht, dass ich Superkräfte habe, dachte Sarah.

Von fern hörte sie Musik, die mit jedem Schritt, den das Trio machte, lauter wurde. Die Generalprobe für das Musical.

Bevor sie aufgebrochen waren, hatte Sarah ihrer Mutter geschrieben, dass sie nach der AG noch mit ein paar Freunden abhängen und zu Fuß nach Hause kommen würde. Ihre Mutter war einverstanden gewesen. Sarah hatte auch ein halbes Dutzend Texte von Kelly entdeckt, alle Variationen von: *OMG!!! Heute Probe mit KIA KARRERA! Du wirst es nicht glauben, was ich für ein Kostüm habe! Wir verkleiden uns als SCHWÄNE! Ist das nicht verrückt?!?* ☺☺ *Es ist so aufregend!!!,* gefolgt von einem einzelnen *Wo bist du überhaupt? … Ach, egal, mein Auftritt ist dran!*

Irgendwo auf der anderen Seeseite bereitete sich ihre beste Freundin auf das große Ereignis zur Eröffnung des Staudamms vor. Sarah hatte ein schlechtes Gewissen wegen der vielen unbeantworteten Nachrichten.

Nicht so schlimm, beruhigte sie sich. *Ich schreibe ihr später. Hab dann ja schließlich sonst nichts zu tun …*

Sarah, Ben und Charlie erreichten einen grasbewachsenen Abhang, der zum Wasser hinunterführte, und blieben stehen.

„Puh!", sagte Charlie, als sie nach unten schaute.

„Puh trifft es", stimmte Ben zu. „Seit wann ist der See so voll? Er tritt ja bald über die Ufer!"

Sarah kaute nachdenklich auf der Unterlippe. „Vielleicht wegen des Damms? Meine Lehrerin hat gestern beim Schulausflug erzählt, dass der Wasserspiegel des Sees angehoben und gesenkt wird, um die Stromproduktion zu regeln. Vielleicht hat es damit etwas zu tun?"

„Ja, wahrscheinlich", sagte Charlie. Sie zupfte Sarah am Arm. „Und jetzt lass uns zum Wasser runtergehen und sehen, was du kannst!"

Hmmm … vielleicht runterstürzen?, dachte Sarah, während sie die Böschung hinunterkletterten. Strenggenommen kletterten Charlie und Ben. Sarah schlitterte mit rudernden Armen auf den Absätzen und kam am Ufer schließlich rutschend zum Stehen. Sie fing sich ab und schaute auf die gekräuselte Fläche hinaus, auf die der Regen prasselte.

„Und jetzt?“, fragte sie.

Fred flüsterte Charlie etwas ins Ohr. Sie nickte. „Fred findet, du solltest versuchen, den Wasserstand zu senken.“

„Gute Idee“, sagte Ben.

Ben und Charlie beobachteten Sarah. Sie schloss die Augen und konzentrierte sich. *Wasser, sinke. Wasserrr, sinkeee.* Sie wiederholte den Satz immer wieder in Gedanken, ohne recht zu wissen, was sie sonst tun sollte. *Bitte, Wasser, bitte, bitte! Sink! Doch! Einfach!*

Als Zugabe wedelte sie noch mit den Armen, dann öffnete sie die Augen. Falls sie sich nicht irrte, war der See sogar noch ein paar Zentimeter angestiegen. Wasser plätscherte um die Spitzen ihrer Turnschuhe. Sie machte einen Schritt rückwärts.

„Wahrscheinlich ist das zu schwierig“, sagte Charlie hoffnungsvoll. „Du weißt schon, weil du gegen den Regen arbeitest. Und vielleicht auch gegen den Staudamm.“

„Klar", sagte Sarah.

Ben zeigte auf einen Stock, der im Wasser trieb. „Versuch mal, ihn stromaufwärts schwimmen zu lassen", sagte er.

Sarah fixierte den Stock angestrengt und versuchte, ihn irgendwie zu beschwören. *Dreh um, Stock, dreh um!*

Er schwamm fröhlich weiter. *Klar.*

„Hört mal, ich weiß das wirklich zu schätzen", sagte Sarah. „Aber ich glaube, wir verschwenden unsere Zeit." Sie wischte sich den Regen von der Stirn. „Außerdem werden wir nass bis auf die Knochen. Wollen wir es nicht einfach dabei bewenden lassen?"

Charlie und Ben tauschten einen raschen, wissenden Blick.

„Noch nicht", sagte Charlie. „Wir haben immer noch …" Charlie schnappte nach Luft und hielt sich die Hand vor den Mund, als am anderen Seeufer etwas ins Wasser platschte.

„Was ist los?", fragte Ben erschrocken.

Charlie zeigte auf ein Kräuseln auf der Wasseroberfläche, vielleicht hundert Meter entfernt. „Gerade ist ein Babyhase in den See gefallen. Ich habe ihn um Hilfe schreien hören! Er ist zu weit weg. Du musst etwas tun, Sarah, sonst ertrinkt er!"

Panik stieg in Sarahs Brust auf. „Aber was?"

„Benutz das Wasser, um ihn ans Ufer zurückzubringen“, sagte Ben.

„Gut.“ Sarah kniff die Augen zusammen und konzentrierte sich mit aller Macht. *Steig, Wasser, steig … Heb den Hasen hoch, heb den Hasen hoch.* Wenn sie es nicht schaffte, würde der Hase ertrinken!

„Komm schon, du kannst das!“, sagte Charlie. „Beeil dich!“

Sarah konzentrierte sich noch fester. So fest, dass es in ihren Ohren knackte. Dass die Adern auf ihrer Stirn pulsierten. Dass sich Tränen aus ihren Augen pressten. Immerhin pupste sie wenigstens nicht wieder. Sie gab dem Wasser noch einen konzentrierten Schubs und schaute. Das Ufer war leer. Das Kräuseln im Wasser war fort. Ben und Charlie standen mit traurigen Gesichtern neben ihr.

„O nein.“ Sarah musste die Tränen wegblinzeln. „Was stehen wir hier herum? Ich muss ihm helfen!“ Sie schlitterte am schlammigen Ufer hin und her und suchte nach der Stelle, wo sich das Wasser bewegt hatte … Doch dann spürte sie eine Hand am Ellbogen, und Ben stand an ihrer Seite und hielt sie zurück.

„Da war gar kein Häschen“, sagte Ben.

„Wie?“, fragte Sarah. „Kein Häschen?“

„Ich bin einfach superschnell hinübergerannt und habe einen großen Stein ins Wasser geworfen“, sagte

Ben. „Siehst du?“ Im Bruchteil einer Sekunde war er wie der Blitz wieder da und hatte einen tropfenden Stein in der Hand.

Sarah seufzte. „Also, glaubt ihr mir jetzt endlich?“, fragte sie. „Wenn ich nicht einmal Superkräfte herbeirufen kann, wenn ein Tier in Gefahr ist, dann ist ja wohl ziemlich klar, dass ich überhaupt keine habe.“

„Ich dachte wirklich, unser Plan würde funktionieren“, sagte Charlie mit einem traurigen Seitenblick zu Ben.

„Ich auch“, sagte Ben. Er schaute zu Boden. „Ich hätte schwören können, dass im Schwimmbad etwas Außergewöhnliches vor sich gegangen ist. Aber so, wie es aussieht, hat Mr Powers recht, und ich habe mich geirrt.“ Er seufzte. „Es tut mir leid, Sarah.“

Sarah stand mit bedrücktem Gesicht da, der Regen tropfte von ihren durchnässten Locken. „Keine Sorge. Ich komme schon damit klar“, sagte sie, obwohl es eindeutig nicht stimmte.

Ben und Charlie schwiegen betreten.

„Na ja“, sagte Sarah. „Es war echt cool, euch kennenzulernen. Ich gehe dann mal nach Hause …“

„Sarah, warte. Ist doch nicht schlimm. Wir können trotzdem etwas zusammen unternehmen. Wir können trotzdem Fr…“ Charlie unterbrach sich mitten im Satz, als über ihnen plötzlich die Blätter wild zu rascheln begannen. Sarah spähte nach oben. Ein Dutzend Eichhörnchen sprang aufgeregt über die Äste und landete mit einem dumpfen Geräusch vor Charlies Füßen. Ihre winzigen Mäuler öffneten und schlossen sich, während sie schnatterten, ihre buschigen Schwänze peitschten hin und her. Ein schwarzer Rabe segelte herab und schloss sich dem Chor an.

„Charlie", krächzte er immer wieder.

Sarah riss die Augen auf. „Sagt dieser Vogel wirklich ‚Charlie'?", fragte sie.

„Ja", antwortete Charlie. „Raben sind wie Papageien. Sie können die menschliche Sprache nachahmen. Und das eine Wort, das alle Tiere in Pine Falls verstehen, ist mein Name. Ich bin so was wie ihr persönlicher Notruf."

Die Eichhörnchen rasten um Charlies Knöchel und blieben nur kurz stehen, um sich auf die Hinterbeine zu stellen und alle gleichzeitig zu schnattern. „Wartet, wartet", sagte sie. „Ich verstehe euch nicht, wenn ihr alle durcheinanderredet!"

Die Eichhörnchen verstummten und standen auf den Hinterbeinen, während der Rabe krächzend Charlies Kopf umkreiste. Charlie nieste und putzte sich die Nase. Sie krächzte mit ernstem Blick etwas zurück.

„Was wollen sie, Charlie?", fragte Ben.

„Sie wollen uns etwas zeigen“, sagte sie.

Die Eichhörnchen begannen wieder zu schnattern und rannten hin und her.

„Okay, okay“, sagte Charlie. „Ich hab’s verstanden.“ Sie folgte den Tieren und warf einen kurzen Blick über die Schulter zu Sarah und Ben. „Kommt mit. Wir sollen uns beeilen. Es ist dringend.“

Sarah war drauf und dran, sich zu verabschieden, um nach Hause zu gehen, als Ben sie am Arm packte und mitzog. Und Sarah musste zugeben, dass sie schon wissen wollte, was die Tiere so in Aufregung versetzte.

Sarah und Ben folgten den Eichhörnchen und Charlie am Ufer entlang Richtung Staudamm. Ein paar weitere Tiere gesellten sich unterwegs dazu – Vögel, zwei Hasen, eine Katze und sogar ein Reh –, und alle machten verzweifelte Geräusche.

Im Eilschritt kamen sie an einigen großen Fußabdrücken im matschigen Boden vorbei. Ben blieb stehen und untersuchte sie.

„Komisch“, sagte er. „Es sieht so aus, als wäre gerade jemand hier gewesen. Ein Erwachsener. In einem brandneuen Paar Turnschuhe.“ Er schaute sich um. „Aber wo ist er hin?“ Charlie und Sarah blieben ebenfalls stehen und beugten sich zu den Fußabdrücken hinab.

„Und warum führen sie nicht weiter?“, fragte Charlie. „Es sieht aus, als hätte derjenige sich einfach in Luft aufgelöst.“

„Oder er ist weggeflogen“, sagte Sarah. Ihr lief es kalt den Rücken hinunter.

Die Gruppe eilte den Tieren zum Ende des Pfades nach, hoch auf einen Hügel. Von hier aus konnte man die Stelle sehen, wo der See an der Staumauer endete. Sarah entdeckte das Floß, auf dem sich Kelly und der Rest der Theater-AG befanden. Die Musik hatte aufgehört, aber die Schauspieler waren noch auf der schwimmenden Bühne versammelt.

Plötzlich kreischte ein Mikrofon.

„Bitte begrüßen Sie … KIA KARERRA!“, verkündete eine Stimme. Die Musik begann wieder, diesmal lauter, und die Tiere schnatterten wie verrückt durcheinander.

Ben holte laut Luft und verdrehte die Augen. „Soll das ein Witz sein?“, fragte er. „Deshalb haben uns die Tiere hergeschleppt? Wegen eines Popkonzerts?“

„Pssst!“, zischte Charlie mit angestrengt gerümpfter Nase, während sie wieder den Tieren lauschte. „Sie meinen etwas anderes.“ Sie legte den Kopf schief, die Augenbrauen zusammengezogen. „Wir sollen auf die andere Seite schauen.“

Sarah, Ben und Charlie wandten sich um, sodass sie jetzt den Fluss jenseits des Staudamms im Blick hatten. Alle drei schnappten nach Luft.

„Ich fasse es nicht“, sagte Charlie. „Der Fluss …“

„… fließt …“, fuhr Ben fort.

„… rückwärts!“, beendete Sarah den Satz.

Kapitel 10

**Damit andere an dich glauben,
musst du zuerst selbst an dich glauben.
Recht haben hilft natürlich auch.**

Handbuch Fliegen lernen, WDW Nr. 19

„Deshalb ist der See so voll“, sagte Ben mit aufgerissenen Augen. „Der Fluss fließt stromaufwärts hinein.“

„Kein Wunder, dass die Tiere ausflippen“, sagte Charlie.

Sarah beobachtete das schaukelnde Floß mit den Schauspielern. Sie konnte nicht einschätzen, wie viel Wasser noch in den See fließen musste, bevor das Floß unweigerlich über die Kante des Staudamms in die Tiefe stürzte.

„Ich muss da runter und Kelly und meine Klassenkameraden warnen!“, sagte Sarah. „Hier geht es um Leben und Tod.“

Ben nickte eindringlich. „Wir müssen Mr Powers und die anderen erwachsenen Superhelden alarmieren. Das kann nur das Werk von Sir Torinado sein!"

„Wir müssen uns beeilen!", sagte Charlie.

„Keine Sorge", sagte Ben zwinkernd. „Schnelligkeit ist meine Spezialität, schon vergessen?" Er nahm Charlies Hand und klopfte Sarah auf die Schulter.

„Bis gleich", sagte er. Und innerhalb eines Augenblicks waren er und Charlie weg.

Sarah spürte einen kurzen, traurigen Stich, schüttelte ihn aber schnell wieder ab. Was blieb ihr anderes übrig? Sie durfte keine Zeit verlieren. So schnell wie möglich eilte sie zum Seeufer hinunter. Und sie hätte schwören können, dass Kia noch immer dieselbe Zeile sang, als sie unten ankam.

Direkt gegenüber des Floßes begann sie zu schreien: „Kelly!", rief sie. „Hey, Kelly!"

Doch sie war zu weit weg. Sie hätte auch gleich in eine riesige Schlucht schreien können. Sie brüllte trotzdem weiter.

„Kelly, hör mir zu, kannst du mich hören?"

Die Musik hämmerte weiter.

Sarah hüpfte auf der Stelle auf und ab.

„Kelly!", schrie sie noch lauter. „Hey, Kelly! Miss Lam! Kia! Hört mich denn niemand? Hier drüben!" Sie wedelte mit den Armen über dem Kopf.

Dann holte sie ihr Handy heraus und versuchte, Kelly anzurufen. Keine Antwort. Es musste doch irgendeine Möglichkeit geben, die Aufmerksamkeit der Theater-AG auf sich zu ziehen!

Sarah warf einen Blick nach oben. Ein riesiger, weit verzweigter Baum ragte über ihr auf. Vielleicht konnte sie sich von dort bemerkbar machen. Ohne einen weiteren Gedanken zu verschwenden, schob sie sich an dem Baumstamm hinauf, schrammte mit den Beinen über die raue Rinde und kletterte auf den untersten Ast. Sie hielt kurz inne, um Luft zu holen, und winkte zum Floß hinüber. Niemand sah sie. Okay, noch nicht hoch genug. Also kletterte Sarah auf den nächsten Ast.

Und auf den nächsten.

Und noch höher.

Bis sie fast ganz oben angekommen war.

Der Ast unter ihr schwankte. Sarah zwang sich, nicht hinunterzuschauen. Das hier war viel schlimmer, als auf den Sprungturm zu steigen. Wenigstens war ein Sprungbrett tatsächlich für das Gewicht von Menschen gedacht. Ein Baum … na ja, ein Baum musste Eichhörnchen tragen. Vielleicht ein Vogelnest. Jedenfalls keine Menschen, und schon gar keine Trampel wie Sarah. Der Ast schwankte wieder.

Sarah kratzte entschlossen all ihren Mut zusammen, packte den Baum fest mit einem Arm und schwenkte den anderen in der Luft.

„Ihr müsst sofort von dem Floß runter!“, schrie sie wild winkend. „Der Wasserpegel steigt ...“

Die Musik hörte kurz auf. Ja! Sie hörten sie! Sarah begann, noch eindringlicher zu winken.

„Stoppt die Show!“, rief sie. „Das Wasser ...“

Etwas unter ihr fing an zu wackeln. Sarah schaute nach unten.

Kraaaaaaach!

Der Ast unter ihren Füßen bebte, schwankte und gab nach.

Sarah und der Ast stürzten ab, direkt in den See, wo sie mit einem kolossalen Platsch aufschlugen. Und diesmal teilte sich das Wasser nicht, um ihren Sturz abzufangen. Nicht einmal annähernd. Stattdessen klatschte es ihr beim Eintauchen direkt ins Gesicht. Hustend und spuckend kam Sarah wieder an die Oberfläche und fuhr sich über die brennenden Wangen.

„O Mann“, sagte sie. „Das tat weh.“

„Das glaube ich gern“, sagte eine Stimme irgendwo in der Nähe.

Sarah blinzelte und erblickte den Umriss eines Mädchens, das mit den Händen in den Hüften am Ufer stand. Lange Zöpfe, glitzernde Haargummis. Sarah rieb sich die Augen.

„Kelly!“, sagte sie, stieg aus dem Wasser und eilte auf ihre beste Freundin zu. „Gott sei Dank!“

Sarah versuchte, Kelly zu umarmen, doch die machte einen verhaltenen Schritt rückwärts.

„Was soll das?“, fragte sie.

„Oh, tut mir leid.“ Sarah wrang ihr Shirt aus. „Hab nicht nachgedacht. Ich bin ganz nass, nicht?“

„Nein, ich meine, was machst du hier?“, fragte Kelly. „Die Probe ist nur für die Darsteller.“ Sie wandte gekränkt den Blick ab. „Aber das wüsstest du ja, wenn du dir je die Mühe gemacht hättest, mal eine meiner SMS zu lesen und zu beantworten.“

„Stimmt, tut mir leid“, sagte Sarah atemlos. „Ich hatte es mir fest vorgenommen, aber vorher musste ich …“ Sie unterbrach sich. Was sollte sie sagen? *In Superkräftetests durchfallen?*

„Ich verstehe schon“, sagte Kelly mit Tränen in den Augen. „Du musstest mit deinen neuen Freunden zusammen sein.“

„Nein! Das ist es überhaupt nicht!“, sagte Sarah.

„Klar ist es das.“ Kelly schmollte. Und Sarah konnte es ihr nicht verdenken – sie war eine furchtbare Freundin gewesen. Jetzt war aber nicht der richtige Zeitpunkt, darüber zu reden.

„Hör mal, das können wir später besprechen“, sagte sie mit Ungeduld in der Stimme. „Wir müssen hier weg. Alle müssen hier schnell weg. Es ist gefährlich!“

„Wovon redest du, Sarah?“, fragte Kelly ärgerlich.

„Die Show“, sagte Sarah. „Du musst dafür sorgen, dass sie abgesagt wird.“

Kelly seufzte laut und starrte Sarah an.

„Hast du nicht zugehört?“, fragte Sarah. „Es ist gefährlich! Die Show DARF NICHT WEITERGEHEN!“

Kelly zog ein finsteres Gesicht. „Doch, ich habe zugehört“, sagte sie. „Ich habe außerdem gehört, dass du da oben im Baum wie eine Verrückte geschrien hast. Wenn es dir nichts ausmacht, muss ich jetzt zurück zur … äh, Probe.“

„Auf keinen Fall“, sagte Sarah.

„Und welches Recht hast du, mir das zu verbieten, Sarah? Was ist überhaupt mit dir los? Warum gehst du nicht einfach zurück in deine neue AG mit all deinen neuen Freunden?“

Sarah presste die Lippen zu einem dünnen Strich zusammen und schaute weg.

„Ach, jetzt verstehe ich“, sprach Kelly weiter. „Du wurdest doch nicht schon wieder aus deiner neuen AG geworfen, oder?“

„Eher höflich gebeten, nicht wiederzukommen …“, murmelte Sarah.

„Tja, das erklärt einiges“, sagte Kelly. „Nur weil du sauer bist, weil sie dich rausgeworfen haben, kannst du nicht herkommen und mir auch alles verderben.“ Kelly schüttelte den Kopf, dass die blonden

Zöpfe flogen. „Ich kapiere nicht, warum du dich nicht einfach für mich freuen kannst.“ Kelly fügte noch ein lautes, theatralisches Schniefen an und wischte sich die Augen.

„Ich freue mich doch für dich, Kelly. Ich will nur nicht, dass dir etwas passiert!“, sagte Sarah. „Das Wasser fließt in die falsche Richtung!“

Kelly schaute Sarah völlig ausdruckslos an. Sarah wusste nicht, wie sie es sonst sagen sollte – aber wenn sie es Kelly nicht erklären konnte, könnte sie es ihr vielleicht zeigen. „Komm mit!“ Sie nahm Kelly am Arm und führte sie zu der Lichtung oberhalb der Uferböschung, dann deutete sie auf den Fluss jenseits des Staudamms.

„Siehst du?“, fragte sie.

„Was soll ich sehen?“, fragte Kelly zurück.

„Das Wasser“, sagte Sarah. „Das Wasser fließt …“

Sarah starrte ungläubig auf den Fluss. Was war hier los? Vor ein paar Minuten war das Wasser noch in die Gegenrichtung geströmt, durch die Schleusenöffnungen des Damms in den See. Und jetzt … floss es in die richtige Richtung.

„Ich, äh“, sagte Sarah. „Ich weiß nicht, was los ist. Aber ich schwöre dir, hier geht etwas sehr Seltsames vor!“

Kelly zog eine Schnute. „Das einzig Seltsame warst du, wie du vom Baum gefallen bist“, sagte sie. „Aber was heißt seltsam. Das ist nicht seltsam für Sarah Adams. Für dich ist das völlig normal."

Sarah blinzelte die Tränen weg. „Das war ziemlich gemein, Kelly", sagte sie mit zittriger Stimme. „Ich dachte, du wärst meine beste Freundin."

„Und ich dachte, du wärst meine", erwiderte Kelly. Sie drehte Sarah den Rücken zu und marschierte beleidigt davon.

„Kelly", rief Sarah ihr nach. „Warte …"

„Geh einfach nach Hause, Sarah", antwortete Kelly, ohne ihren Schritt zu verlangsamen. „Und spar dir die Mühe, heute Abend zum Auftritt zu kommen. Diese negative Energie kann ich nicht gebrauchen, wenn ich alles für meine Rolle geben muss."

Sarah blieb noch einen Moment stehen, um zu sich zu kommen. „Na gut", sagte sie. „Wie du willst."

Sie dachte daran, zur Fliegen-lernen-AG zurückzugehen. Aber was nützte das? Sie gehörte dort nicht hin, und Charlie und Ben waren schon hingerast, um Mr Powers Bescheid zu sagen.

Die Superhelden kümmern sich darum. Und ich gehöre nicht dazu.

Also drehte sich Sarah um und trottete die Straße entlang, ohne sich um den strömenden Regen zu kümmern, der sie völlig durchnässte. Eigentlich war ihr so ziemlich alles egal.

Auf dem Weg in die Stadt kam sie am Eingang der Pine-Falls-Mittelschule vorbei. Sie blieb stehen und spähte an dem großen Ziegelgebäude vorbei. In der Ferne konnte sie den Umriss des Sprungturms vor dem kühlen, grauen Himmel erkennen. Ein Bild von sich selbst, wie sie von diesem Brett stürzte – und dann durch das Wasser schnitt wie ein heißes Messer durch Butter, blitzte in ihren Gedanken auf.

Plötzlich bekam sie Bens Worte nicht mehr aus dem Kopf. *Ich hätte schwören können, dass im Schwimmbad etwas Außergewöhnliches vor sich gegangen ist … etwas Außergewöhnliches … etwas Außergewöhnliches …*

Sarah musste es wissen. Sie musste wissen, was geschehen war. Und es gab nur einen Weg, das herauszufinden: Sie musste diesen Sprung einfach noch einmal wagen.

Zum äußeren Zeichen ihrer Entschlossenheit straffte Sarah die Schultern, während sie mit rutschenden Turnschuhen über den glatten Beton auf das Schwimmbecken zusteuerte. *Ich kann das. Ich kann das.* Doch als sie den Beckenrand erreichte, blieb sie abrupt stehen.

Jemand hatte mehrere Dutzend Liegestühle in unaufgeblasene Rettungswesten gewickelt und ins Becken gestapelt. Auf der rechten Seite war fast kein Wasser mehr im Becken, während die linke Seite praktisch überfloss. Es sah beinahe aus, als hätte jemand den Staudamm von Pine Falls im Schulschwimmbecken nachgebaut. Sarah schnappte nach Luft ... Als sie genauer hinschaute, konnte sie erkennen, dass jemand tatsächlich genau das getan hatte. Und neben der Dammkonstruktion dümpelte ein Skateboard mit Puppen darauf im Wasser. Sarah kniff die Augen zusammen und erkannte, dass eine davon eine offizielle Kia-Karrera-Puppe war.

Papierschiffe mit noch mehr Puppen darauf schaukelten um das Skateboard herum.

Sarah bekam eine Gänsehaut. Was ging hier vor sich?

In diesem Moment öffnete sich die Tür zur Jungenumkleide und knallte gegen die Außenwand. Sarah duckte sich hinter einen der wenigen verbliebenen Liegestühle am Beckenrand und beobachtete durch die blauweißen Leisten, wie ein rundlicher Mann auf das Becken zuging. Trainer Boswell!

Nur dass der Sportlehrer jetzt nicht wie üblich seinen zu knapp sitzenden Trainingsanzug und die Trillerpfeife trug. Stattdessen hatte er ein zu kleines

Lycrakostüm an, auf dessen Vorderseite ein riesiges „T" prangte. Trainer Boswell machte lange Schritte und pfiff vor sich hin, ein blassblauer Umhang flatterte hinter ihm her wie wirbelndes Wasser.

Genau gegenüber von Sarahs Versteck blieb er am Beckenrand stehen und hob mit einem wahnsinnigen Lachen die Hände. Das Wasser in der vollen Hälfte des Beckens bildete eine Welle und brach sich über dem nachgebauten Staudamm.

Sarah biss sich auf die Lippe. *Er hat auch Superkräfte – aber er ist kein Held …*

Das Floß, auf dem sich Kia Karrera – und Sarahs Freunde! – befanden, stürzte mit sämtlichen Papierschiffen über die Kante, und alles wurde unter dem Wasserschwall zermalmt. Sarah schrie auf, dann schlug sie sich schnell die Hand vor den Mund.

Bitte, bitte, mach, dass er mich nicht gehört hat!

Trainer Boswells Blick schnellte in Sarahs Richtung. Er kam um das Becken herum und blieb vor dem Liegestuhl stehen, beugte sich darüber und schaute Sarah direkt in die Augen.

„Na so was", sagte er. „Wen haben wir denn da?"

Sarah rutschte das Herz in die Hose. Sie überlegte, ob sie weglaufen sollte. Doch wie sollte sie jemandem entkommen, der wahrscheinlich fliegen konnte? Ihre Gedanken rasten, während sie das schreckliche Schauspiel vor ihren Augen verfolgte.

„Das ist also die besondere AG, von der Sie mir erzählt haben“, sagte sie und versuchte, ihrer Stimme einen festen Klang zu geben. „Wenn das so ist, würde ich wirklich gern mitmachen.“

Kapitel 11

Die einzige Möglichkeit, deine Ängste zu überwinden, ist, dich dem zu stellen, was dir Angst macht. Steh aufrecht! Sei tapfer! Wenn das nicht funktioniert, probier es mit einem kräftigen Tritt.

Handbuch Fliegen lernen, WDW Nr. 11

Trainer Boswell musterte Sarah. Wasser quoll ihm aus jeder Pore. *Deshalb ist er also immer so feucht,* dachte Sarah, *er ist ein Wasserbösewicht.* Sarah versuchte, ruhig zu atmen; sie wusste nicht, ob ihre List funktioniert hatte oder ob Trainer Boswell sie töten würde – wie all die Menschen auf dieser nachgebauten Bühne und in den kleinen Booten.

Er schenkte Sarah ein aalglattes Lächeln. „Wusste ich's doch, dass du noch kommen würdest", sagte er. „Leute wie wir – die, über die sich die anderen Kinder lustig machen – lachen immer als Letzte.

Hahahahahahaha!“ Wieder lachte er wie ein Wahnsinniger. Und wieder lief es Sarah kalt den Rücken herunter.

„Das ist also Ihr Plan?“, fragte Sarah mit einem Nicken zu dem gefluteten Schwimmbecken. „Er wirkt ... äh, genial.“

„Gefällt er dir?“, fragte Trainer Boswell. „Ich erzähle dir ganz genau, wie es funktioniert ...“

Sarah wurde aufmerksam. Hier kam sie, die typische Rede eines Bösewichts, der seinen Stolz auf seine Tat nicht für sich behalten konnte. Nun würde sie selbst eine dieser Eigenlobhymnen hören, von denen Mr Powers berichtet hatte.

„Aber zuerst“, sagte Trainer Boswell, während er sich die nasse Hand an der Strumpfhose abwischte und ihr dann die immer noch feuchte Hand hinhielt, „... sollte ich mich wohl vorstellen. Mein Name ist nicht Trainer Boswell. Ich heiße Tsunami.“ Er lachte wieder gackernd. „In Zukunft wird man mich sicher nicht mehr mit dem jämmerlichen Drop in Verbindung bringen!“

Sarah riss die Augen auf. Drop! Den Namen kannte sie doch. Drop war als Kind Mr Powers’ bester Freund gewesen, der, den die anderen so lange gehänselt hatten, bis er die Stadt verlassen hatte.

Aber Moment mal! Wenn Drop hier war und sich selbst Tsunami nannte, dann hieß das doch, dass

Sir Torinado nicht für die seltsamen Wetterereignisse in der Stadt verantwortlich sein konnte. Was wiederum bedeutete, dass Mr Powers und die anderen erwachsenen Superhelden höchstwahrscheinlich den falschen Superschurken verfolgten. Und das bedeutete …

Sarah schluckte. Jetzt konnte nur noch sie allein Tsunami aufhalten.

Ohne Superkräfte.

„Tsunami", wiederholte Sarah seinen Namen und versuchte, dabei bewundernd zu klingen und ein bisschen Zeit herauszuschlagen, während sie überlegte, was sie tun könnte. „Das klingt nach Macht."

„Stimmt", sagte Tsunami mit stolzgeschwellter Brust. „Und der Name wird nach heute Abend noch beeindruckender klingen. Live im Fernsehen den See zu fluten und alle zu ertränken, ist nur der erste Schritt auf meinem Weg zur Weltherrschaft." Er warf einen Blick auf Sarah, die sich vorbeugte, als hinge sie an seinen Lippen. „Denn danach", sagte er, „werde ich drohen, die Polkappen zu schmelzen, den Meeresspiegel anzuheben und die ganze Welt zu überfluten! Die Leute werden zittern, wenn sie meinen Namen hören! Sie werden tun, was ich ihnen befehle!"

Tsunami stemmte die Hände in die Hüften, neigte das wässrige Gesicht zum Himmel und nahm einen tiefen Zug Regenwasser. Dann schaute er wieder Sarah an.

„Und du“, sagte er, „wirst meine Helferin sein.“

„Helferin?“

„Ja“, sagte Tsunami. „Helferin! Ich habe gesehen, wie du während deines Sprungs das Wasser manipuliert hast, damit du sanft landen konntest. Und wie du beim Hürdenlauf dem Regen ausgewichen bist, war genial! Ich weiß, du hast die Macht!“

„Ich habe die Macht“, sagte Sarah zittrig. Sie wusste, sie hatte keine. Doch das durfte er nicht erfahren ...

„Ich meine, klar habe ich die Macht!“, sagte sie mit mehr Nachdruck. Sie reckte die Faust, hob ebenfalls das Gesicht zum Himmel und tat so, als würde sie einen tiefen Zug Regenwasser einatmen. Der Regen stieg ihr sofort in die Nase. Sarah hustete und spuckte und schaute zu Tsunami hinüber, in der Hoffnung, er möge es nicht bemerkt haben. Doch der Superschurke war damit beschäftigt, sich das Kinn zu reiben und in die Weite zu blicken.

„Ich hab’s!“, sagte er plötzlich und drehte sich wieder zu Sarah um.

Sie erstarrte. „Was denn?“

Tsunamis Augen glitzerten. „Ich glaube, wir nennen dich ... Tröpfchen!“

Tröpfchen? Sogar als angebliche Superschurkin klang sie damit wie eine Vollidiotin. Er verhielt sich genau wie Kate. Sarahs Schwester konnte ihr nie ein Kompliment machen, ohne es in eine Beleidigung zu verpacken: *O Sarah, den Ball hätte außer dir niemand fangen können – und sich dabei gleichzeitig die Hose zerreißen! Ich habe noch nie jemanden so oft hinfallen sehen. Du hast echt Talent!*

Natürlich liebte auch Tsunami den Klang seiner eigenen Stimme. Wenn Sarah ihn dazu brachte weiterzureden, fiel ihr in der Zwischenzeit vielleicht ein Weg ein, ihn aufzuhalten. Oder er verpasste die Show.

„Ehrlich?“, fragte sie. „Sie wollen mich als Ihre Helferin? Dann werden die anderen Kinder aber sehen, was sie davon haben, dass sie immer über mich lachen!“ Sie ließ ihr schönstes irres Lachen hören. „Hahahahahaha! Und was machen wir als Erstes?“

„Nummer eins“, sagte Tsunami mit einem boshaften Grinsen. „Wie du gesehen hast, werden wir den Staudamm zerstören – mitten in der großen Eröffnungsfeier.“

„Und wie soll das gehen?“, fragte Sarah.

„Ganz einfach. Ich lasse seit Wochen den Fluss jede Nacht rückwärtsfließen und Wasser aus dem Meer in den See regnen“, erklärte Tsunami. „Er ist randvoll. Eine große Welle, und der Damm wird einstürzen und all diese lästigen kleinen Scheißer mitreißen!"

„Genial", sagte Sarah. In ihr kam jedoch Panik auf. Wenn sie nichts unternahm, würden Kelly und alle anderen auf dem Floß sterben! „Aber vielleicht sollten wir noch eine – äh – ‚Trockenübung' im Schwimmbecken machen? Nur um sicherzugehen, dass alles richtig funktioniert."

„Ha! Trockenübung!", erwiderte Tsunami prustend. „Ich mag Bösewichter, die gut mit Wortspielen umgehen können!"

„Danke!", sagte Sarah.

„Aber nein", unterbrach Tsunami sie scharf. „Wir müssen los. Wir wollen ja nicht zu spät kommen und das große Finale der Show verpassen. Hahahahahahahaha!"

Tsunami steuerte den Parkplatz auf der anderen Seite des Schwimmbeckens an und winkte Sarah, ihm zu folgen. Ihre Knie zitterten. Sarah zögerte. Sie brauchte Hilfe. Sie brauchte die anderen vom Team Kobalt.

Heimlich zog sie ihr Handy aus der Tasche und tippte auf den Bildschirm. Doch statt dass er aufleuchtete, quoll Wasser aus den Rändern. Etwas knisterte und knackte, und ein kleines Rauchfähnchen stieg auf. Sarah wurde das Herz schwer. Wahrscheinlich war es kaputtgegangen, als sie in den See gefallen war. Es war hoffnungslos.

Doch genau in diesem Moment flog eine Taube über sie hinweg. Sarah sah, wie sie auf der Wiese landete und an ein paar Chipskrümeln zu picken begann. Das war die Lösung!

„Charlie“, flüsterte Sarah – ein Name, den jedes Tier in Pine Falls kannte. „Charlie!“, sagte sie noch ein bisschen lauter. „Hol Charlie!“

Tsunami blieb stehen, wirbelte zu ihr herum und zog die Augenbraue hoch.

„Was tust du denn da, Tröpfchen?“, rief er. „Kommst du nun oder nicht?“

„Ja, Sir“, sagte Sarah. „Ich wollte nur diesen ekligen Vogel verscheuchen.“ Sie wedelte mit der Hand nach der Taube und sagte noch einmal lautlos den Namen Charlie. Der Vogel legte nur den Kopf schief und starrte sie an.

Es sah ganz so aus, als wäre Sarah auf sich allein gestellt.

Kapitel 12

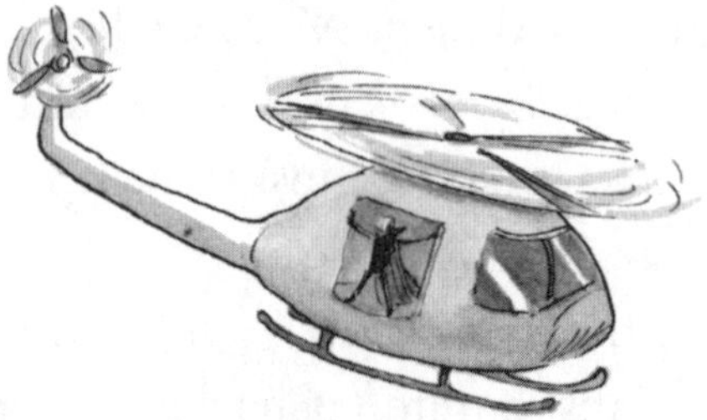

Wenn du im Leben am Abgrund stehst,
schau nicht nach unten. Schau nach oben!
Links und rechts ist auch okay.

Handbuch Fliegen lernen, WDW Nr. 17

Tsunami blieb an einem altersschwach aussehenden blauen VW Käfer stehen und riss die Beifahrertür auf. Er winkte Sarah.

„Hüpf rein“, sagte er, warf sich das Cape über die Schulter und stieg auf der Fahrerseite ein. Sarah quetschte sich auf den Sitz. Obwohl sie viel kleiner war als Tsunami, hatte sie kaum Platz, um ihre Beine auszustrecken. Sämtliche Armaturen waren entfernt und durch ein Gewirr von Plastikröhren und Kolben ersetzt worden, das sich bis nach hinten zum Motor erstreckte. Sarah zog die Knie bis unters Kinn.

„Was ist das alles?“, fragte sie.

Tsunami grinste, griff hinter seinen Sitz und holte einen Kanister hervor. Er schraubte den Deckel ab und goss eine klare Flüssigkeit in eine der Röhren.

„Eine neue Kraftstoffanlage“, sagte er stolz.

„Dieses Auto fährt mit Wasser?“

Tsunami nickte.

„Wow“, sagte Sarah beeindruckt. „Mit dieser Technologie könnten Sie einen bahnbrechenden Beitrag zum Umweltschutz leisten – vielleicht sogar die Welt retten!“

Tsunami schaute sie mit schräg gelegtem Kopf an. „Ha! Der war gut“, sagte er. „Warum sollte ich das tun, wenn die Welt zu beherrschen viel mehr Spaß macht?“

Er drehte den Schlüssel im Zündschloss. Die Wasserröhren begannen zu blubbern und zu dampfen. Sarah schwitzte. Wie sollte sie diesen Kerl stoppen? Sie inspizierte die Röhren, die vor ihr gurgelten. Wenn sie eine davon „aus Versehen“ lose trat, würde der Motor vielleicht ausgehen, und sie würden den Staudamm nicht rechtzeitig erreichen. Nur dass Tsunami dann einfach dorthin *fliegen* konnte. Und Sarah hätte keine Möglichkeit, ihn einzuholen. Sie musste bei ihm bleiben. Das Leben aller Menschen bei der Show – inklusive dem ihrer besten Freundin – stand auf dem Spiel.

Tsunami griff wieder hinter seinen Sitz, dabei schlingerte das Auto die ganze Zeit. Sarah krallte sich an der Armstütze fest, dass ihre Knöchel weiß wurden, während Tsunami eine dunkelblaue Maske aus dem Durcheinander auf dem Boden fischte. Er zog sie sich über den Kopf und griff wieder nach hinten. Wieder förderte er eine blaue Maske zutage – schmuddelig, klein und an den Rändern ausgefranst. Er gab sie Sarah.

„Bitte schön, Tröpfchen", sagte er. „Das war meine allererste Verkleidung. Leg sie an."

Widerstrebend nahm Sarah die Maske mit spitzen Fingern, schüttelte einen Klumpen Dreck ab und etwas, das an Haare und alte Käseflips erinnerte. Sie hatte die letzten Tage davon geträumt, eine Maske tragen zu dürfen. Aber das hier hatte sie sich dabei nicht vorgestellt. Sie rümpfte die Nase. Das ekelhafte Ding roch noch schlimmer, als es aussah, wie einer von Kates verschwitzten Laufschuhen. Sarah versuchte, nicht zu würgen, während sie die Maske überzog.

„Perfekt!", sagte Tsunami strahlend.

Er riss das Steuer nach rechts herum, und das Auto raste mit einem bedrohlich klingenden Knirschen über den Kiesweg am Fluss zum Staudamm. Auf dem Parkplatz ließ Tsunami den Wagen ausrollen. Alle Plätze waren belegt, also blieb er einfach mittendrin stehen.

„Egal“, meinte er, während er die Handbremse anzog. „Schließlich muss hier ja später keiner mehr wegfahren. Hahahahahahahaha!“

Sarah schauderte. In der Ferne sah sie auf dem See hinter dem Damm Lichter blitzen und hörte pulsierende Musik. Die Darsteller waren bestimmt schon auf der Bühne. Ihr lief die Zeit davon. Ihnen allen lief die Zeit davon.

Tsunami stellte den Motor ab und rückte seine Maske zurecht. Er schenkte Sarah ein breites Grinsen.

„Die Show beginnt!“, sagte er.

Sarah richtete sich in ihrem Sitz auf. Sie musste einen Weg finden, ihn aufzuhalten. Wenn sie ihn nur irgendwie im Auto einschließen könnte …

Zu spät. Tsunami war schon ausgestiegen. Er machte Sarah ein Zeichen.

„Auf geht’s“, sagte er.

Tsunami und Sarah schlichen zum Ende des Pfades, der über die vollen zweihundert Meter auf dem Kamm der Staumauer zum anderen Ufer führte. Sarah entdeckte in der Mitte einen Mast mit Scheinwerfern, die auf das Floß im See gerichtet waren. Die Darsteller tanzten zur Musik. Mehrere Dutzend Boote lagen davor im Wasser; darin saß das jubelnde Publikum. Sarahs Brust zog sich zusammen. Es war sogar noch schlimmer, als sie gedacht hatte. Das mussten Hunderte, vielleicht sogar Tausende, von Leuten sein. Und sie würden alle sterben.

Tsunami führte Sarah zur Mitte des Damms, der sich mit jedem Schritt höher und höher erhob. Sarah hörte auf beiden Seiten das Wasser rauschen, und die Musik wurde lauter. Sie mussten jetzt mindestens 150 Meter hoch sein. Viel höher als das höchste Sprungbrett, auf das Sarah je einen Fuß gesetzt hatte. Sie schauderte.

Der Scheinwerfermast war direkt vor ihnen. Daneben stand ein langer Kran. Im Näherkommen konnte Sarah jetzt erkennen, dass die Scheinwerfer von Personen bewegt wurden. Und eine von ihnen war ... O nein! Das konnte nicht sein. Sie sollte doch auf der Bühne sein!

„Kelly!“, keuchte Sarah.

Plötzlich erwachte ein riesiger Scheinwerfer flackernd zum Leben und strahlte Kia Karrera an, die an dicken Seilen an dem Kran hing. Das Publikum geriet außer Rand und Band, als der Superstar vom Damm aus mit ausgestreckten Armen auf das Floß heruntergelassen wurde. Kia sprang elegant aus dem Gurt und schnappte sich ein Mikrofon.

„Seid ihr bereit, die Energie zu entfesseln?“, rief sie.

Die Menge brüllte, als der Song des Popstars über die Lautsprecher einsetzte und sie zu singen begann.

Die Tänzer bewegten sich im Takt um sie herum; die Federn ihrer Schwanenkostüme wehten unter den pulsierenden, bunten Scheinwerfern. Der ganze Staudamm vibrierte vom Wummern der Bässe.

„Beeil dich!“, fauchte Tsunami. „Es ist fast so weit.“

„Was werden wir tun?“, fragte Sarah nervös, während sie zu den Beleuchtern hinüberschaute – und zu Kelly. „Hier oben sind zu viele Leute. Die könnten uns sehen.“

Tsunami grinste nur höhnisch und hob den Arm. Eine Welle stieg vom Fluss auf – und warf die ganze Beleuchtungsmannschaft um. Sie blieb bewusstlos liegen.

„Kelly!“, schrie Sarah.

Zum Glück war Tsunami zu sehr mit seinem Plan beschäftigt, um ihre Qualen zu bemerken. Er sprang auf die Füße, rannte los, wich den Ohnmächtigen aus und riss einem davon ein Funkgerät aus der schlaffen Hand. Er legte den Schalter um, wechselte die Frequenz auf die Soundanlage und stellte sich an den Rand des Damms vor den Scheinwerfer, mit Blick auf die Zuschauer.

„Einen schönen guten Abend“, sagte er mit seiner glitschigen Stimme.

Die Musik hörte mit einem Kreischen auf. Die Schauspieler und die Zuschauer reckten die Köpfe zu der Silhouette im hautengen Anzug und mit wehendem Umhang empor, die plötzlich auf dem Damm erschienen war.

Während sich Tsunami theatralisch in Pose warf, stolperte Sarah platschend durch das Wasser auf dem Damm und suchte zwischen den Bewusstlosen nach Kelly.

„Hey!“, schrie jemand von unten. „Wir sind nicht hier, um irgendeinen alten Kerl in Strumpfhosen zu sehen! Sei still und lass Kia singen!“

„Ki-a! Ki-a! Ki-a!“, begann die Menge immer lauter zu rufen.

Sarah entdeckte endlich Kelly und rüttelte sie sanft an der Schulter. Kelly drehte sich stöhnend um, blieb aber liegen.

„Komm schon, wach auf, bitte …“, flüsterte Sarah.

„RUHE!“, dröhnte Tsunami. Sarah erschrak und spähte über den Rand des Damms. Eine riesige Welle erschütterte das Floß. Die Darsteller hatten Mühe, nicht ins Wasser zu fallen, und schauten erschrocken herauf.

„Schon besser“, sagte Tsunami. Er legte die Hand über das Funkgerät und warf einen Blick über die Schulter zu Sarah. „Tröpfchen!“

Sarah richtete sich auf, als Tsunami mit den Fingern schnippte. „Hierher! Sofort!“

Sarah ging vorsichtig auf ihn zu und blieb kurz vor dem Rand der Staumauer stehen. Die ganze Zeit zermarterte sie sich das Hirn, wie sie seinen Plan noch vereiteln könnte. Sie hätte ihn ja hinuntergeschubst, wenn ihm ein Sturz ins Wasser etwas anhaben könnte …

Der glitschige Superschurke schnippte wieder mit den Fingern.

„Strahl mich an!“, befahl er.

Sarah griff nach dem nächsten Scheinwerfer und zielte damit direkt auf seine Augen, in der Hoffnung, es würde ihn blenden. Stattdessen holte Tsunami tief Luft, atmete aus und blickte auf die Menge hinab.

„Aaahhh“, sagte er. „Seit Jahren warte ich auf diesen Moment. Wenn ihr alle euch vor mir verneigt, vor mir, dem mächtigen Tsunami, und meinen erstaunlichen Kräften.“ Er hob die Arme. Eine erneute Welle erschütterte die Bühne und die Boote, diesmal stärker, und die Leute begannen zu schreien. Tsunami grinste irre. „Zuerst der Staudamm … und dann die ganze Welt!“

„Kann nicht endlich jemand etwas tun?“, kreischte eine Frau.

Sarah lief die Zeit davon. Ihr Herz pochte so laut in ihren Ohren, dass sie fast nichts anderes mehr hörte, bis auf … was war das?

Gurr! Sie sind hier. Gurr!

Als Sarah aufblickte, sah sie eine Taube. War es womöglich die vom Schwimmbad?

Die Taube blinzelte, während sie eindringlich gurrte: *Sie sind hier!*

„Bist du das?“, fragte Sarah die Taube.

Natürlich bin ich das, du Dummkopf!, gurrte sie zurück.

Sarah starrte sie mit offenem Mund an. Sie verstand das!

„Wer ist hier?“, fragte sie. Die Taube drehte den Kopf herum.

Sarah folgte ihrem Blick und sah fünf maskierte Gestalten in roten Leggings und einer Sammlung halb fertiger Logoshirts am Rand des Damms entlangkriechen: Ein Löwe, der aussah, als würde er sich übergeben, ein mit Glitzer überzogenes Durcheinander, eines mit verwaschenen Feuerzungen und eines, das sie nicht erkennen konnte, weil es immer wieder unsichtbar wurde. Der Typ ganz vorn, der das zerfetzte Blitz-Shirt trug, hob mit einem kleinen schiefen Grinsen den Finger an die Lippen und wisperte: „Psssst!“

Ben! Das Team Kobalt!

Sarah konnte es nicht fassen. Ihre Taubenbotschaft war tatsächlich angekommen.

Gurr! Was jetzt?, fragte die Taube – und wieder verstand Sarah es. Was war hier los? Es konnte doch nicht sein, dass sie dieselbe Kraft wie Charlie hatte, oder? Sie schaute zu Tsunami hinüber, der gerade mit seiner theatralischen Ansprache zum Ende kam.

„Und so“, sagte er, „wird niemand mich jemals wieder weichgespült nennen! Hahahahahahaha!!!“

Sarah schaute schnell zu der Taube hinüber.

„Angriff!“, gurrte die und zeigte auf Tsunami. Der Superschurke unterbrach sich mitten im Wort und warf einen Blick zu Sarah nach hinten.

„Machst *du* so komische Geräusche, Tröpfchen?“, zischte er. „Du scheinst zu vergessen, dass ich gerade dabei bin, eine Rede zum Untergang der Welt zu halten.“ Er erstarrte erschrocken und wedelte mit den Armen über dem Kopf, als sich ein Taubenschwarm auf ihn stürzte, und scharfe Schnäbel nach allem pickten, was sie an nackter Haut erwischen konnten.

„Weg da!“, schrie er. „Kusch! Kusch! Tröpfchen, tu etwas …!“

Sie tat wirklich etwas. Sie trat ihn ans Schienbein, gerade als das Team Kobalt heranstürmte.

„Nimm das!“, brüllte Diablo und schleuderte einen Feuerball aus seiner Hand. Doch er hatte schlecht gezielt, und die Flammenkugel flog an Tsunami vorbei und verzischte im See. Diablo schaute auf seine Handfläche und pustete eine Rauchfahne weg. „Mist!“, sagte er. „Bei den Zielübungen ist es einfacher …“

Stretcha streckte ihren Arm aus und fing Tsunami wie mit einem Lasso. Virginia war immer noch nicht Sarahs beste Freundin, aber in diesem einen Augenblick war sie froh, sie zu sehen. Sarah boxte triumphierend in die Luft. Doch obwohl Stretcha alles daransetzte, Tsunami niederzuringen, war sie einfach nicht stark genug. Ihr Arm schnellte zurück an ihre Seite. „Autsch!" Sie schüttelte ihre Hand aus.

Die anderen Teammitglieder rückten vor, jeder versuchte, Tsunami zu überwältigen – und alle schafften es knapp nicht. Sarah schluckte, als ihr klar wurde, was hier passierte. Sie alle hatten noch nicht genug Zeit gehabt, ihre Kräfte zu perfektionieren. Sie waren noch nicht so weit, einen ausgewachsenen Superbösewicht zu bekämpfen. Einen wie … uff. Sarah musste wegschauen, als Miss Mouse gegen den Scheinwerfermast knallte und abprallte.

Unten hörte Sarah Motoren starten. Sie spähte über die Brüstung und sah, dass die Boote mit den Darstellern und Zuschauern darauf das Weite suchten.

Ja! Vielleicht können wir ihn beschäftigen, bis sie alle in Sicherheit sind …

Tsunami war zu abgelenkt, um die Flucht der Menschen zu bemerken. Er hob den Arm und versuchte, einen weiteren rasenden Feuerball abzuwehren.

„Jetzt reicht es mir aber!“, fauchte er. Damit öffnete sich der Himmel, es donnerte, und heftiger Regen prasselte auf sie alle herab. Die Beleuchter zu seinen Füßen begannen sich zu regen und stöhnten.

Sarah schaute wieder auf den See. Die Boote waren fast am Ufer. Doch wenn die Beleuchter nicht aus ihrer Ohnmacht erwachten und sich in Sicherheit brachten, würden sie trotzdem ertränkt. Sarah wich Schritt für Schritt vor Tsunami zurück. Sie hoffte mit aller Kraft, er möge nicht erraten, was sie vorhatte. Sie kniete sich neben Kelly und legte ihr eine Hand an den Rücken.

„Kelly“, flüsterte sie. „Kelly. Steh auf! Du musst hier weg!“

Kelly bewegte sich und drehte den Kopf zu Sarah herum. Blinzelnd öffnete sie die Augen. Sie starrte geradeaus.

„Was ist los?“, sagte Kelly. „Wer ist da?“

„Ich bin’s, Sarah“, antwortete sie.

Kelly blinzelte wieder und wich zurück. „Wer?“

Sarah erinnerte sich plötzlich, dass sie immer noch Tsunamis eklige blaue Maske trug. Sie nahm sie ab. „Tut mir leid. Ich bin’s nur. Sarah. Siehst du? Du musst hier weg!“

Kelly setzte sich auf, schüttelte den Kopf, Wassertröpfchen schleuderten aus ihren nassen blonden

Haaren. „Nein, ich sehe nicht“, sagte sie unsicher. „Ich sehe überhaupt nichts. Ich kann dich hören, aber …“ Sie tastete in die Luft vor ihrem Gesicht.

„Was soll das?“, sagte Sarah. „Kelly, hör mir zu. Du musst weg hier!“

Kelly riss die Augen auf. „O nein!“, krächzte sie. „Mit mir ist etwas passiert, als mich die große Welle getroffen hat. Ich bin bestimmt tot und habe eine dieser komischen Nahtoderfahrungen, bevor man ins Licht hinüberwechselt. Deshalb höre ich ständig meine beste Freundin, die mir sagt, ich muss hier weg.“ Sie hielt sich die Augen zu. „Ich bin noch nicht bereit! Ich will noch nicht gehen. Ich habe es noch nicht einmal an den Broadway geschafft!“ Kelly schniefte laut. „Sarah, es tut mir leid, dass ich so dumm war! Wenn ich dich nur sehen könnte, würde ich es dir ins Gesicht sagen.“

„Kelly, ich bin doch hier!“, sagte Sarah. Kelly zog nur noch lauter die Nase hoch. Was war ihr Problem? Sarah streckte die Hand aus, um sie wieder zu berühren, und bemerkte plötzlich, dass sie ihren eigenen Arm nicht sehen konnte. Ihre Beine auch nicht. Und ihren Bauch. Und auch sonst kein Körperteil von sich.

Sarah war unsichtbar.

„Was …?“ Und einfach so wurde ihr Körper flackernd wieder sichtbar. Sarah tippte Kelly noch einmal an. Ihre beste Freundin nahm die Hände von den Augen und starrte sie erschrocken blinzelnd an.

„W… w… wo kommst du denn her, Sarah?“, sagte sie.

„Du bist nicht tot. Aber du wirst es sein, wenn du die Staumauer nicht verlässt. Und zwar sofort!“ Sarah nickte zu Tsunami hinüber. „Er hat vor, den Damm zu überfluten.“

Kelly blinzelte noch ein paarmal.

„Los jetzt!“, drängte Sarah.

Kelly erhob sich auf wackligen Beinen und ließ den Blick über den chaotischen Schauplatz um sie herum schweifen: Tsunami beim Scheinwerfermast, wie er von einer Gruppe junger Superhelden angegriffen wurde; die Beleuchter, die sich unter dem prasselnden Regen wanden; Sarah mit einer schäbigen blauen Nylonmaske in der Hand.

„Und was ist mit dir?“, krächzte Kelly.

„Ich komme schon zurecht“, sagte Sarah und zog die eklige Maske wieder übers Gesicht. Kelly riss die Augen auf und öffnete den Mund, aber es kam kein Wort heraus. Stattdessen drehte sie sich um und eilte den Damm entlang und den Weg hinunter in Sicherheit.

Wie der Blitz erschien Ben neben Sarah. „Du hast also doch Superkräfte!“, sagte er. „Ich habe gerade mitgekriegt, wie du unsichtbar geworden bist!“

„Ich weiß", sagte Sarah. „Aber es ergibt keinen Sinn. Kurz davor habe ich die Vögel verstanden! Wie sollte ich beide Kräfte haben?"

Ben zog die Augenbraue hoch. „Das ist vollkommen logisch", sagte er. „Du spiegelst unsere. Aber das erklärt immer noch nicht, was im Schwimmbad passiert ist ..."

Ach, du meine Güte ...

„Doch, tut es", sagte Sarah, als ihr klar wurde, was los war. „Ich habe Trainer Boswell gespiegelt." Sie zeigte auf Tsunami, der über seinem Kopf einen kleinen Wirbelwind aus Wasser schuf, um das Team Kobalt abzuwehren.

Ben grinste. „Dann würde ich sagen, es wird Zeit, den Trainer auf die Strafbank zu schicken." Und einfach so war er weg, flog direkt auf Tsunami zu, um dem Rest des Teams zu helfen.

Sarah richtete ihre Aufmerksamkeit auf Diablo, schloss die Augen und konzentrierte sich. Kurz darauf spürte sie ein warmes Wirbeln auf ihrer Handfläche. Als sie die Augen öffnete, sah sie einen kleinen Feuerball, der sich in Richtung ihrer Fingerspitzen drehte. *Cool!* Sie schleuderte ihn Tsunami vor die Füße und grinste, als er in die Luft sprang, um ihm auszuweichen. Sarah verlagerte ihre Konzentration auf Ben. Die Zeit wurde langsam. Ehrfürchtig schaute sie zu, wie die schweren Regentropfen einer nach dem anderen an ihrem Gesicht vorbeischwebten, vom Damm abprallten und in eine Million winzige Tröpfchen zerplatzten. Zeit, die Beleuchtungsmannschaft zu retten.

In Lichtgeschwindigkeit flitzte sie um Tsunamis Füße herum und schleppte die Beleuchter über den Damm auf festen Boden, bevor sie überhaupt merkten, was mit ihnen geschah. Als sie fertig war, zog sie die schreckliche Maske über die Augen und sauste auf ihren Platz direkt neben Tsunami. Er drehte sich zu ihr um und schaute sie wütend an.

„Wo warst du, Tröpfchen?“, fragte er. „Die Boote sind schon beinahe an Land!“

„Wollte nur sichergehen, dass das große Finale kein Reinfall wird“, antwortete Sarah.

Tsunami lächelte auf seine furchtbare Art und hob die Arme. Der See schwoll an und drückte gegen den Damm. Sarah wusste, was sie zu tun hatte. Sie konzentrierte sich mit aller Macht. Ihr wäre sogar egal gewesen, wenn sie gepupst hätte. Sie senkte ihre Arme. Es fühlte sich an wie der Gegendruck eines zum Zerreißen vollen Luftballons. Ihr ganzer Körper bebte. Schweiß rann ihr über die Wangen. Tsunami war stark. Aber Sarah musste stärker sein. Sie holte sehr tief Luft und hielt den Atem an, schloss die Augen und benutzte jedes Fitzelchen Energie, das sie noch hatte, um all seine Kraft gegen ihn zu wenden.

Langsam sank der Seespiegel.

„Was geht hier vor?“, fragte Tsunami. Er stampfte mit seinem blauen Plastikstiefel auf und hob die Arme höher. Der Wasserspiegel stieg. Sarah drückte ihre herunter, und er sank wieder. So rangen sie eine Weile wie bei einem Tauziehen der Superkräfte, der Pegel stieg und fiel, bis Tsunami schließlich laut ausatmete.

„Was tust du da?“, knurrte er Sarah an.

„Helfen?“, sagte Sarah und versuchte dabei, das Zittern in ihrer Stimme zu unterdrücken.

„Wem helfen?“, schnaubte Tsunami. Sarah sagte nichts, als man über ihnen das Knattern von Hubschrauberrotoren hörte. Tsunami und Sarah blickten gleichzeitig auf, als ein Helikopter über die Baumwipfel heranschwebte. An der offenen Tür stand Mr Powers.

„Powers!“, schnaubte Tsunami. Mit schmalen Augen warf er Sarah einen finsteren Blick zu. „Verräterin! Du glaubst vielleicht, du hättest dieses Mal gewonnen, aber wenn du dieser vermaledeiten AG aufmerksam zugeschaut hast, solltest du es besser wissen …“

Er drehte sich um und rannte mit ausgestreckten Armen los, bereit, davonzufliegen. Sarah jagte ihm nach und schnappte nach dem Saum seines glitschigen blauen Umhangs. Tsunamis Füße schlitterten über die nasse Oberfläche und rutschten ab. Geradewegs über die Kante der Staumauer …

Und Sarah wurde mitgerissen.

Einen langen Augenlick hing sie da, bevor Tsunamis Umhang ihr aus den Fingern glitt und sie kopfüber in die Tiefe stürzte.

Kapitel 13

Manchmal findet man die Macht in sich nur, wenn man in den Spiegel schaut. Versuche es. Vielleicht gefällt dir, was du siehst.

Handbuch Fliegen lernen, WDW Nr. 10

Sarah versuchte, eine der Superkräfte der anderen zu spiegeln, aber ihr Fall war zu schnell. Ein paarmal trat sie mit den Füßen wie in einer Art ungelenkem Flugversuch, nur um dann noch schneller abzustürzen.

Das war's. Sie würde sterben. Sarah kniff die Augen zu, während der Fluss näher kam.

Doch bevor sie aufprallen konnte, legte sich etwas fest um Sarahs Knöchel. Sie öffnete die Augen. Es war eine Hand. Eine Hand?

Sarahs Blick folgte dem langen, langen Arm, der daran hing – und sie sah das kleine Oval von Virginias Gesicht, das zu ihr herabschaute. Mit einem

Rauschen zog Virginia ihren Arm zurück und schwang Sarah in Sicherheit. Sie landete mit einem Rums zitternd auf der Staumauer. Der Wind, den der Hubschrauber beim Landen machte, wehte ihr die Haare in die Augen, und Sarah strich sie weg, um Virginia anschauen zu können.

„Danke", sagte sie.

Virginia zuckte mit den Schultern. „Na ja", antwortete sie. „Ich konnte dich ja schlecht sterben lassen, oder? Du gehörst zu unserem Team. Und das war ziemlich cool, wie du Tsunami verfolgt hast. Dumm, aber cool."

„Tsunami!", sagte Sarah und sie schauten beide über den Rand der Staumauer. Tsunami war nirgends zu sehen. „Wo ist er abgeblieben?"

„Vielleicht ist er auf die Felsen gekracht", sagte Virginia.

Plötzlich hörte man ein lautes Rauschen. Eine riesige Welle erhob sich irgendwo flussabwärts, und Sarah entdeckte eine kleine Gestalt, die darauf surfte – Tsunami! Er ritt direkt zum Ufer, hüpfte herab und rannte zum Waldrand, wo er gerade aus dem Blickfeld verschwand, als der Helikopter neben dem Staudamm landete. Mr Powers und Tableau sprangen mit wehendem Umhang heraus. Sarah, Virginia und der Rest des Teams Kobalt eilten vom Damm herab, um sie zu begrüßen.

„Gut gemacht!", übertönte Mr Powers das Schwirren der Rotoren. „Tsunami ist besiegt. Zumindest für den Moment. Aber wir müssen schnell hier weg, bevor jemand euch erkennt."

Das Team Kobalt begann eilig, in den Hubschrauber zu klettern. Doch bevor Sarah einsteigen konnte, legte sich plötzlich ein Paar Arme um sie. Sarah wandte sich schnell um und stand Nase an Nase mit ihrer besten Freundin. Kelly starrte sie bewundernd an.

„Du bist super, Sarah!", schrie Kelly. „Eine echte Superheldin! Jetzt verstehe ich, warum du so ein Geheimnis um deine neuen Freunde gemacht hast." Sie spähte an Sarah vorbei auf die Teammitglieder im Helikopter. „Ist einer von diesen maskierten Typen Ben?", fragte sie hinter vorgehaltener Hand. „Ich kann nicht fassen, dass er so süß UND ein Superheld ist!"

Sarah grinste, sagte aber nichts. Sie durfte nicht, aber sie musste auch nicht. Kelly gab ein glückliches Quieken von sich und sprach weiter.

„Hör mal", sagte sie. „Es tut mir wirklich leid, dass ich so gemein zu dir war. Es war mir einfach so peinlich."

„Peinlich?", fragte Sarah, immer noch ein bisschen verletzt. „Was denn? Dass ich in den See gefallen bin?"

„Nein“, antwortete Kelly. „Dass ich aus der Tanzgruppe geflogen bin. Ich habe bei der Generalprobe schreckliches Lampenfieber bekommen – direkt bevor du aufgetaucht bist –, und sie haben mich rausgeworfen und zu den Beleuchtern gesteckt. Dass alles so toll läuft, habe ich bloß erfunden. Ich hätte nicht lügen dürfen. Es tut mir leid, Sarah.“

„Schon gut“, sagte Sarah. „Mir tut es auch leid, dass ich dir nicht die Wahrheit sagen konnte. Und es ist keine Schande, hinter den Kulissen zu sein. Viele der coolsten Sachen finden dort statt.“ Sie beugte sich vor und flüsterte Kelly ins Ohr, damit es sonst niemand hören konnte: „Du würdest zum Beispiel nicht glauben, was alles in der Fliegen-lernen-AG passiert.“

Kelly riss die Augen auf. „Erzähl!“

Eine feste Stimme unterbrach ihr Gespräch. „Sarah“, sagte Mr Powers. „Ich freue mich, dich wieder in unserer AG begrüßen zu können. Aber wie du weißt, ist Anonymität eine unserer wichtigsten Waffen.“

Sarah schluckte. Seit einer halben Sekunde war sie zurück in der AG, und sie hatte es schon vermasselt, indem sie ihre Identität verraten hatte!

„Auf Kelly ist Verlass“, sagte Sarah. „Sie kennt alle meine Geheimnisse. Weißt du noch, in der dritten Klasse …?“ Sarah und Kelly tauschten ein wissendes Grinsen.

„Meine Lippen sind versiegelt“, sagte Kelly und machte eine Reißverschlussbewegung vor ihrem Mund.

„Also kann ich darauf vertrauen, dass du keiner Menschenseele von der Identität deiner Freundin oder irgendeines anderen Superhelden erzählen wirst?“, sagte Mr Powers ernst.

„Was für Superhelden?“, erwiderte Kelly.

Mr Powers nickte. „Sehr gut. Sarah, wir müssen jetzt aufbrechen.“

„Ja, Mr Powers“, antwortete Sarah. Sie winkte Kelly zum Abschied und kletterte hinter Mr Powers die Stufen des Hubschraubers hinauf. Außer dem Team Kobalt saßen auch Tableau und ein paar andere maskierte erwachsene Superhelden darin.

„Warte!“, rief Kelly, als Sarah gerade die Tür erreichte. Sarah drehte sich um.

„Was ist?“

„Dein Name“, schrie Kelly. „Wie lautet dein Superheldenname? Damit ich allen sagen kann, wer sie vor Tsunami gerettet hat!“

Sarah überlegte kurz, dachte über die völlig zufällige und ziellose Art nach, wie sie ihre Kräfte entdeckt hatte. Ihre Mundwinkel verzogen sich zu einem Lächeln. „Miss Geschick!“, sagte sie.

„Miss Geschick?“, wiederholte Kelly.

„Ja, das passt zu mir, findest du nicht?“

Kelly legte den Kopf schief. „Ja, das passt perfekt.“ Und mit einem Winken rannte sie davon, um den Leuten, die von den Booten kletterten, von der brandneuen Superheldin in der Stadt zu berichten.

Sarah zwängte sich zu den anderen von Team Kobalt in den Hubschrauber, zog ein Headset über und setzte sich zwischen Charlie und Ben. Eine Welle der Energie spülte über Sarah hinweg. Es kribbelte merkwürdig, und ihr wurde klar, dass es die Superkräfte der anderen waren, die durch sie hindurchströmten – Feuer, Unsichtbarkeit, die Sprache der Tiere beherrschen, Geschwindigkeit – und ein paar komische andere, die sie nicht erkannte. Sie nahm an, dass sie den erwachsenen Superhelden gehörten.

Ben boxte Sarah kurz in die Seite, und Charlie umarmte sie.

„Das war so unglaublich“, sagte Charlie in das Mikrofon an ihrem Headset. „Ich kann nicht fassen, was du da draußen getan hast!“

Sarah grinste, als der Helikopter vom Boden abhob, sich zur Seite neigte und in einer Kurve in die Luft aufstieg. Es war das unglaublichste Gefühl auf Erden, als wäre sie tatsächlich schwerelos.

Und eines Tages werde ich wirklich fliegen ... ohne einen Hubschrauber.

Der Regen hatte aufgehört, und der Himmel war wieder klar, gesprenkelt mit funkelnden Sternen, die sich bis in die Unendlichkeit erstreckten. Sarah schaute staunend an den Horizont. Es war, als wäre alles möglich.

„Ich freue mich wirklich, dass wir deine Kraft entdeckt haben, Sarah", sagte Mr Powers durch sein Headset.

„Danke", antwortete Sarah. „Ich auch."

„Kräftespiegeln kann eine der stärksten, aber unberechenbarsten Kräfte der Welt sein", fuhr Mr Powers fort. „Du wirst viel Übung brauchen, um sie zu meistern …"

„Ha! Sie werden ihr zuerst einmal beibringen müssen, wie man steht, ohne umzufallen", sagte Virginia höhnisch.

„Stretcha", sagte Mr Powers.

„Ich weiß, tut mir leid. Alte Gewohnheit", sagte Virginia mit einem kleinen Grinsen. „Willkommen im Team Kobalt, Miss Geschick."

Sarah strahlte. Auf dem Sitz ihr gegenüber hob einer der erwachsenen Superhelden langsam seine Maske an und zwinkerte. Sarah wäre fast umgefallen.

„Opa John!", stammelte sie ungläubig.

„Und willkommen im Familienunternehmen", sagte er mit einem Grinsen. „Was glaubst du, wie Oma Trixie es die ganzen Jahre überlebt hat, ohne Netz vom Hochseil zu fallen? Jemand musste sie doch auffangen“, sagte Opa John, dann legte er den Finger an die Lippen. „Sag es nur nicht deinen Eltern. Kräfte überspringen manchmal eine Generation, und ich würde deiner Mutter nur ungern erklären müssen, dass ich alles hören kann, was sie sagt ... oder dass ich beim Rommee immer gewinne, weil ich ihre Karten sehen kann.“

Sarah blieb der Mund offen stehen. „Und ich dachte, du wärst nur ein Steuerbeamter in Rente.“

„Unterschätze nie jemandes Kräfte“, sagte Opa John. „Vor allem nicht deine eigenen.“

„Das ist richtig“, sagte Mr Powers. „Ich habe keinen Zweifel, dass Miss Geschick mit viel Übung eine der ganz großen Superheldinnen der Geschichte werden könnte.“ Er griff unter seinen Sitz, zog ein neues Exemplar vom *Handbuch Fliegen lernen* hervor und reichte es Sarah.

„Das gehört jetzt dir“, sagte er. „Studiere es. Behandle es mit Umsicht. Dein Training beginnt morgen.“

Sarah drückte das Buch an ihre Brust und lehnte sich auf ihrem Sitz zurück. Freudentränen sammelten sich in ihren Augenwinkeln, ein zufriedenes Lächeln lag auf ihren Lippen. Zum ersten Mal seit – na ja, seit immer – fühlte sich Sarah, als würde sie dazugehören. Hier. Zum Team Kobalt. Ihrem Team. Sie war keine drohende Katastrophe mehr.

Sie war Miss Geschick, eine zukünftige Legende.

„Ich kann es kaum erwarten, mit dem Training anzufangen“, sagte Sarah. „Das wird ... *super!*“

INVISIBELLE
STRETCHA
MISS MOUSE
DIABLO